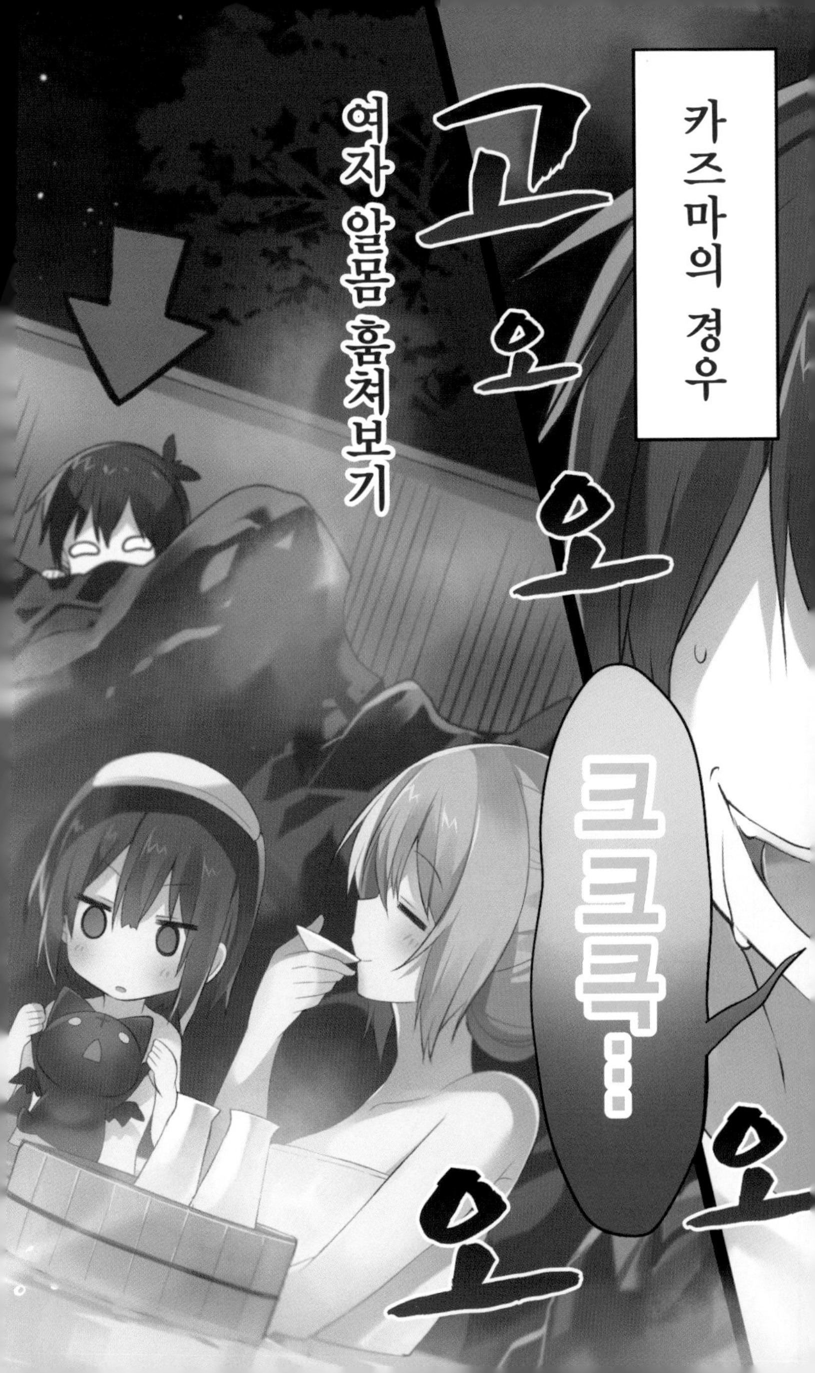
카즈마의 경우
고오오오오
여자 알몸 훔쳐보기
크크큭…

나태 사중주 ~나태 콰르텟~

이 멋진 세계에 축복을! 4

아카츠키 나츠메 지음
미시마 쿠로네 일러스트
이승원 옮김

Character

다크니스

연령 18세
직업 크루세이더

몬스터에게 공격받을 때 쾌락을 느끼는 방어 전문 여기사. 대귀족, 더스티네스 가문의 영애이기도 하다. 특기는 망상.

아쿠아

연령 연령 미상
직업 아크 프리스트

젊은 나이에 죽은 인간을 인도하는 여신. 카즈마와 함께 마왕 토벌을 목표로 하고 있다. 좋아하는 것은 술. 특기는 연회용 장기자랑.

메구

연령 14세
직업 아크 위저드

홍마족 제일의 천재 마법사.「폭렬마법」에 매료된 탓에 폭렬마법만 쓸 수 있으며, 다른 마법은 쓰지 않는다. 좋아하는 것은 폭렬마법. 특기는 폭렬마법. 취미는 폭렬마법.

융융

연령 13세
직업 아크 위저드

위즈

연령 20세
직업 점주

카즈마

연령 16세
직업 모험가

아쿠아를 억지로 끌고 이세계에 와서도 은둔형 외톨이 생활 중인 모험가. 마왕 토벌이라는 사명은 이미 반쯤 포기했다.

에리스

연령 연령 미상
직업 여신

세나

연령 20세
직업 왕국 검찰관

이 멋진 세계에 축복을! 4

나태 사중주
~나태 콰르텟~

CONTENTS

프롤로그
P013

　보고만 있어도 마음이 따뜻해지는 불길이 난로에서 피어오르고 있다.

　폭신폭신한 모피로 된 가운을 걸친 나는, 그 불길을 쳐다보며 소파 위에서 편안히 쉬고 있는 중이다.

　난로의 불길을 쳐다보고 있는 나에게 누군가가 우아한 동작으로 찻잔을 내밀었다.

　"카즈마 씨, 최고급 홍차를 끓여왔답니다."

　그렇게 말하면서 홍차를 건네준 아쿠아가 내 옆자리에 앉았다.

　나는 방금 끓인 홍차를 한 모금 마신 후…….

　"……맹물인데?"

　"어머나, 제가 실수를 한 것 같군요. 죄송해요, 카즈마 씨."

　"아냐. 다시 끓이면 되잖아. 고마워, 아쿠아. 이건 이것대로 잘 마실게."

　그러고 보니 아쿠아는 자신에게 닿은 액체를 정화시키지…….

홍차를 끓이다 실수로 정화시켜버린 것이리라.

하지만 나는 정신이 매우 온화한 상태라서 그 정도 일로는 화도 나지 않았다.

따뜻한 물을 마시자 몸 안쪽에서부터 온기가 퍼진다.

평온해.

인간이란, 금전적 여유가 있으면 이렇게나 온화해질 수 있는 것인가.

옆에서 『고블린도 이해할 수 있는 상류층 용어』라는 제목의 책을 읽고 있는 아쿠아를 따뜻한 눈길로 쳐다보며—.

나는 그녀가 다시 끓여다준 홍차를 한 모금 마셨다.

—이번에도 맹물이었지만, 그런 사소한 일로는 눈곱만큼도 화가 나지 않았다.

1

봄.

눈이 녹는 계절이자, 겨울 동안 집 안에 틀어박혀 있던 모험가가 다시 활동을 시작하는 계절이다.

이 계절이 되면 몬스터들은 활발하게 활동하거나, 번식기에 들어간다.

그리고―.

"싫어! 싫다구! 밖은 아직 춥잖아! 저기, 어떻게 된 거야? 두 사람 다 바보야? 아직 곳곳에 눈이 쌓여 있는데 왜 그렇게 밖에 나가고 싶어 하는 거야? 애야? 둘 다 집밖에 나가서 놀고 싶어 하는 어린애와 같은 레벨이야? 그렇게 밖에 나가고 싶으면 너희 둘이서 가면 되잖아!"

봄은, 머릿속이 뜨뜻미지근해지는 계절이기도 했다.

봄이 되었다고는 해도 마을 밖에는 아직 눈이 남아 있다.

아쿠아가 난로 앞 소파의 등받이에 한사코 매달리자, 다크니스와 메구밍이 그녀를 떼어내려 하고 있었다.

두 사람이 몬스터가 들끓고 있으니 퀘스트를 하러 가자고 말하자, 아쿠아가 아직 추워서 싫다며 떼를 쓰고 있는 것이다.

"누가 어린애라는 거예요. 지금은 아쿠아가 훨씬 어린애 같다고요! 자, 빨리 가요! 겨울 동안 그렇게 집 안에서 뒹굴뒹굴했으니까 슬슬 일해야죠! 안 그러면……!"

"마을 밖에서는 개구리를 비롯한 각종 몬스터의 활동이 활발해져서 농가가 피해를 받고 있다고 한다. 주민들을 지키는 게 모험가의 의무이지 않느냐! 어, 어이, 아쿠아! 빨리 소파에서 떨어져라! 이대로 있다간……!"

메구밍과 다크니스는 그렇게 말하면서 나를 힐끔 쳐다보며—.

""저렇게 되고 말 거다(거예요)!""

두 사람의 목소리가 하모니를 이뤘다.

그러자 아쿠아는 머뭇머뭇하며 나를 힐끔 쳐다보았다.

"나도 저렇게 되고 싶진 않지만……. 그래도 나를 설득하기 전에 저 구제불능부터 어떻게 해보라구!"

아쿠아는 복잡한 표정을 지으면서 무례하기 그지없는 소리를 했다.

"어이, 너희들. 온화한 나도 화낼 때가 있거든? 남을 구제불능이라고 부르지 마. 그건 완전 무례한 짓이라고."

"불만이 있으면 밖으로 나와서 말해."

내가 항의하자, 소파에 찰싹 붙어 있는 아쿠아가 그렇게 말했다.

　이렇게 더럽게 추운 날에 그런 바보 같은 의견을 따를 생각은 없었기에, 나는 고개를 쑥 집어넣었다.

　일본의 최종병기, 코타츠 안으로 말이다.

　—바닐이라는 마왕군 간부를 쓰러뜨리고 마을로 돌아와 보니……

　그 악마는 위즈의 가게에서 팔팔하게 아르바이트를 하고 있었다.

　그리고 다크니스에게 불길한 예언을 한 후, 나에게 장사 제안을 했다.

　그 제안은 내가 원래 있던 세계의 상품을 대대적으로 파는 것이었다.

　내가 상품을 개발하면, 바닐이 그 상품의 양산 및 판매 루트를 확보해주겠다고 했다.

　그것은 나에게 있어 바라마지 않는 제안이었기에, 바닐의 말에 따라 한가한 겨울 동안 상품 개발에 힘썼는데—.

　"……카즈마. 이제 그만 거기서 나오지 않겠어요? 아쿠아가 당신한테서 나쁜 영향을 받고 있잖아요. 카즈마의 손재주가 좋은 것은 예전부터 알고 있었고, 당신 나라의 난방도구가 얼마나 우수한지도 알아요. 하지만 이제 날씨가 풀리기 시작했잖아요. 슬슬 다시 활동을 시작하는 게 어때요?"

『코타츠 중독자』가 된 나를 향해 상체를 숙인 메구밍은 상냥한 미소를 지으면서 아이의 어리광을 어르는 듯한 어조로 말했다.

"그렇다, 카즈마. 나도 겨울 동안은 그 코타츠라는 것의 신세를 졌다. 하지만 그 정도 했으면 됐지 않느냐. 자, 일전의 던전에서처럼 또 나를 도와다오. 자, 빨리……."

다크니스도 나를 향해 미소를 지으면서 몸을 굽히더니 코타츠의 이불을 걷기 위해 손을 뻗었—.

나는 무방비한 다크니스의 목덜미를 향해 마법을 날렸다.

"『프리즈』."

"아앗?!"

느닷없이 프리즈를 맞고 목덜미와 등에 서리가 맺힌 다크니스가 비명을 질렀다.

추운 계절이라 빙결마법이 잘 통하는지, 목덜미를 손으로 감싸 쥔 다크니스는 융단 위에서 몸을 웅크린 채 부르르 떨었다.

"이, 이 남자, 반격했어요! 카즈마, 적당히 하세요! 아무리 빚이 없어졌어도 그렇지 너무 늘어졌잖아요! 자, 빨리 가자고요! 앗, 왜 저를 향해 손을 내미는 거죠? 저항 좀 그만하고 얌전히이이이이이잇~!"

메구밍이 나를 꺼내기 위해 코타츠 안으로 손을 집어넣

자, 나는 그 손을 잡고 드레인 터치를 사용했다.

마력과 생명력을 나에게 빼앗긴 메구밍이 비명을 지르면서 내 손을 뿌리쳤다.

나에게서 떨어지기 위해 허둥지둥 뒷걸음질을 치던 메구밍은 그대로 융단 위에서 굴렀다.

목덜미를 움켜쥔 채 부들부들 떨고 있는 다크니스와, 구르다가 머리를 찧었는지 양손을 뒤통수에 댄 채 발을 버둥대는 메구밍을 향해, 나는 말했다.

"나를 얕보지 말라고. 이래봬도 마왕군 간부와 현상범 같은 거물들과 싸운 카즈마 님이란 말이다. 돌팔이 크루세이더와 엉터리 아크 위저드 정도로 나를 어떻게 할 수 있을 것 같아? 나를 어찌 하고 싶으면 레벨이나 더 올리고 덤벼."

나는 코타츠에서 목만 쏙 내민 채 말했다.

"……카즈마 씨는 잔재주가 늘수록 애물단지가 되어가네요. 뭐, 나는 카즈마가 코타츠 안에 처박혀 있어주면, 난로 앞의 특등석 쟁탈전을 벌이지 않아도 되니 좋지만 말이야."

난로 앞 소파에 들러붙어 있던 아쿠아가 몸을 웅크린 두 사람을 쳐다보면서 그렇게 말했다.

이윽고 눈가에 눈물이 맺힌 두 사람이 몸을 일으키더니, 나를 무시무시한 눈길로 쳐다보았다.

그런 눈으로 쳐다봐도 나는 하나도 무섭지 않았다.

이렇게 추운 날에 밖에 나가는 건…….

―큰일 났다.

"어이, 큰일 났어. 긴급사태야. 화장실에 가고 싶어졌어. 염치없는 소리인 건 알지만, 잠시만 휴전하자. 미안하지만 둘이서 이 코타츠 밑의 매트를 들고 화장실 앞으로 옮겨주지 않겠어?"

나는 두 사람에게 부탁한 후, 코타츠 안의 열을 뿜는 장치에 마력을 주입했다.

이 코타츠에는 마력을 주입하면 열을 뿜는 광석이 쓰였다.

그렇기 때문에 내가 코타츠에서 나가면, 그 동안 마력 공급이 끊겨서 코타츠 안의 열기가 식고 만다.

다행히 아까 메구밍에게서 마력을 빼앗은 덕분에 한 동안은 이 안에서 뒹굴거릴 수 있을 것 같았다.

방금 그 부탁을 듣고 버럭 화를 낼 줄 알았던 그녀들은 잠시 동안 서로를 쳐다본 후, 순순히 내 말에 따라줬다.

메구밍이 내 앞쪽으로 오더니 코타츠 아래의 매트 가장자리를 쥐면서 말했다.

"다크니스는 그쪽을 드세요. 이 남자를 코타츠째 내다버리는 거예요."

"좋다. 그렇게 하자. 아쿠아, 난로 앞에서 움직이기 싫은 건 알지만, 조금만 도와다오. 현관문만 열어주면 된다."

"하, 하지 마~! 이 인정머리 없는 녀석들아! 어이, 그만……! 더 했다간 스틸을 쓸 거야! 스틸을 쓸 거라고!!"

스틸은 여성을 상대할 때 최고의 위력을 발휘한다.

하지만 내 협박을 들은 메구밍은 훗 하고 코웃음을 쳤다.

"이미 같이 목욕도 한 사이잖아요. 이제 와서 뭘 부끄러워하겠어요. 그것보다 제 속옷을 고의로 빼앗으려 든다면, 이번에야말로 로리콤이라는 비난을 피하지 못할 거예요!"

이, 이 녀석, 완전 세게 나오네!

왜 이렇게 당당한 거야! 왜 이렇게 사나이다운 거냐고!

"나, 나도 알몸을 보여줬을 뿐만 아니라, 카즈마의 등을 씻겨준 적도 있다. 이제 와서 스틸 정도에⋯⋯. 스틸 정도에⋯⋯ 으윽⋯⋯."

다크니스도 세게 나왔지만 메구밍만큼 당당할 수는 없는지 부끄러워하고 있었다.

"자, 겨울 동안 산업폐기물이 되어버린 이 은둔형 외톨이를 버리러 가볼까요!"

"하지 마! 대, 대화로 풀자! 그, 그래! 날씨가 좀 더 따뜻해지면 하루에 폭렬마법을 두 번 쓰게 해줄게! 드레인 터치로 아쿠아의 마력을 너한테 줘서 1일 1폭렬이 아니라 1일 2폭렬하게 해주겠어!"

그 말을 들은 메구밍이 멈칫하면서 반응했지만, 아쿠아가 맹렬하게 반대했다.

"싫어~! 왜 신성하고 소중한 내 마력을 그런 바보 같은 짓에 허비해야 하는 건데! 내 마력은 말이야, 아쿠시즈 교도의 깊은 신앙심에서 우러난 거야. 내 소중한 신자들이 준 소중한 마력이라구! 이제 두 번 다시 드레인 같은 건 안 당할 거야!"

"저 녀석이 저딴 소리를 하고 있지만 내가 반드시 마력을 빼앗아서 줄게!"

"으으…… 1일 2폭렬…… 2폭렬……"

"으으…… 스틸…… 스틸…… 하지만, 처음에 반드시 속옷을 빼앗길 거라고는……"

아쿠아가 아우성을 치고, 메구밍과 다크니스가 고뇌에 빠진 평소와 다름없는 아침에…….

"사토 씨! 사토 씨, 계십니까?!"

저택의 문을 누군가가 격렬하게 두드려댔다.

2

느닷없이 저택에 쳐들어온 사람은 나를 범죄자 취급하며 재판까지 받게 했던 검찰관, 세나였다.

"사토 씨, 큰일 났습니다! 마을 밖에 리자드 러너……가……"

큰일이라도 난 얼굴로 저택 안으로 뛰어 들어온 세나는

코타츠 안에서 고개만 빼꼼 내민 나를 보자, 목소리 톤이 서서히 낮아졌다.

이윽고 그녀의 당황한 표정이 나를 규탄할 때처럼 차가운 표정으로 변했다.

"……뭘 하고 계신지 물어봐도 될까요?"

"보다시피, 오늘은 추워서 몸을 따뜻하게 하고 있었어요. 아, 추우니까 문 닫아주세요."

내가 그렇게 말하자, 세나는 땅이 꺼져라 한숨을 내쉬면서 문을 닫았다.

"……사토 씨. 당신은 마왕군 간부를 둘이나 토벌했으며, 거물 현상범조차 격파했습니다. 저는 그런 당신을 높이 평가하며 존경하고 있습니다만……."

어이쿠, 코타츠 안에서 몸을 녹이고 있을 뿐인데 이런 소리를 들을 줄은 몰랐네.

"이 남자는 내버려둬도 된다. 그것보다 허둥지둥 우리를 찾아온 이유가 뭐지?"

"아, 그래요! 사실 리자드 러너라고 불리는 몬스터가 대량 발생해서 현재 마을에 있는 모험가들이 토벌하고 있습니다. 원래 리자드 러너는 그렇게 위험한 생물이 아닙니다만……. 번식기에 들어서면서 리자드 러너들의 여왕이 탄생한 것 같습니다……!"

세나의 말에 따르면—.

매년 이 시기가 되면 리자드 러너라고 불리는 몬스터가 번식기에 들어간다고 한다.

이 몬스터는 평소에는 그렇게 위험하지 않은 이족보행 초식 도마뱀이다. 하지만 공주님 러너라는 커다란 암컷 개체가 태어나면, 이 리자드 러너들은 골치 아픈 생물로 변한다.

이 공주님 러너라는 녀석의 지휘를 받고 있는 리자드 러너들은 점점 무리를 이루고, 무리는 공주님 러너와 부부가 될 자를 뽑기 위한 승부를 시작한다.

그 승부 방법이 독특한데…….

—바로 달리기다.

이족보행으로 냅다 달리는 것이다.

마치, 옛날에 화제가 됐던 목도리도마뱀처럼 말이다.

게다가 그 녀석들은 같은 종족끼리 달리면서 실력을 측정하는 것이 아니라, 다른 종족 중 발이 빠른 상대를 찾아내서 나란히 달린 후, 그대로 제쳐버린다.

그리고 제친 상대가 가장 많은 수컷이 공주님 러너와 부부가 된다. 그리고 그 녀석은 임금님 러너라고 불리며 무리를 이끄는 존재가 되는 것이다.

왜 공주님인 거냐, 임금님과 한 쌍이면 여왕 러너라든가 왕녀 러너라고 불러야 하는 거 아니냐, 이름이 리자드 러너라면 임금님 러너가 아니라 킹 러너라고 불러, 같은 태클을 걸면 지는 거다.

　나는 이 리자드 러너라는 이상한 생물의 설명을 듣고 이 세계가 더욱 싫어졌다. 아무튼 말이나 용, 새 등을 타고 다니는 사람들에게 이 일은 남 일이 아니었다.

　평소에는 얌전한 리자드 러너들은 달리기 승부를 하기 위해 상대가 말이든 드래곤이든 일단 냅다 걷어차고 본다.

　그리고 상대를 걷어찬 후, 그대로 도망치는 것이다.

　리자드 러너의 발차기는 위력적이며, 까딱 잘못하면 골절 정도로 끝나지 않는다고 한다.

　그리고 공주님 러너가 나타났다는 보고를 받은 길드 측은 리자드 러너 무리 토벌 퀘스트를 발주했으며……

　"그래서, 사토 씨를 찾아온 겁니다!"

　세나는 환한 표정을 지으면서 나를 향해 말했다.

　……무슨 소리를 하는 건지 모르겠네.

　"방금 그 말의 의미를 모르겠는데요. 길드에서 토벌 퀘스트를 발주했다면서요? 그런데 왜 나를 찾아온 거예요? 가만히 놔두면 다른 사람들이 알아서 해결할 거예요."

　"무슨 소리를 하는 겁니까. 사토 씨는 예전에 마왕군 간부가 던전에 눌러앉았을 때 말했잖아요. 『몬스터 때문에 불안에 떠는 마을 사람들을 지키는 것이야말로 모험가의 의무죠』라고 말이에요."

　그, 그렇게 멋진 소리를 했었나? ……그러고 보니 했었네.

"저기, 이 코타츠 중독자한테 그런 소리를 해봤자 소용없어. 빚을 다 갚은 데다 졸부가 된 카즈마는 돈이 떨어질 때까지는 일을 안 할 거야."

난로 앞에서 불길을 쬐고 있던 아쿠아가 이쪽을 쳐다보지도 않은 채 말했다.

"뭐, 카즈마는 우리 중에서 가장 레벨이 낮잖아. 그러니 겁먹는 것도 무리는 아니라고 생각해."

그 뒤를 이어 그딴 소리를 했─.

"……어이, 어느새 내가 파티 안에서 가장 레벨이 낮아진 거야? 아쿠아는…… 그러고 보니 언데드를 잔뜩 해치워서 레벨이 꽤 올라갔지. 메구밍은……."

"26이에요."

메구밍이 자신의 모험가 카드를 보여주면서 잘난 척하는 표정으로 말했다.

"……왜 그렇게 높은 거야?"

"디스트로이어 퇴치에 마왕군 간부 바닐 퇴치. 그 외에도 졸개 몬스터는 대부분 제가 쓸어버렸잖아요. 레벨이 오르는 게 당연하다고요."

맙소사.

그렇게 레벨이 높아졌으면 스킬 포인트도 잔뜩 모였을 테지만, 어차피 전부 폭렬마법의 위력을 상승시키는 스킬에 쏟아 부었겠지.

하지만 나보다 레벨이 낮은 인간이 아직 한 명 남았다.

"그래도 다크니스는 나보다 레벨이 낮겠지? 다크니스는 공격을 맞추지 못하니까, 레벨을 올리는 속도가 우리 중에서 가장 느리잖아. 리자드 러너가 어떤 녀석인지는 모르겠지만 내가 나설 것도 없어. 다크니스, 레벨도 올릴 겸 갔다—."

"훗."

다크니스가 코웃음을 쳤다.

그리고 자랑하듯, 자신의 모험가 카드를 내 얼굴을 향해 내밀면서 잘난 척 하는 목소리로 말했다..

"일전에 마왕군 간부 바닐과 싸웠을 때, 그 녀석이 만든 마도인형을 대부분 내가 쓰러뜨렸지 않으냐. 평범한 인간에게는 성가신 적인만큼, 경험치를 꽤 많이 주는 것 같더구나……!"

그 카드에 적힌 레벨은 20이었다.

나는 기뻐 죽겠다는 표정으로 내 얼굴을 향해 카드를 내미는 다크니스를 보고 짜증이 난 나머지—.

"퉤."

"앗?!"

분풀이로 그 카드를 향해 침을 뱉자, 그녀는 비명을 질렀다.

울먹거리면서 카드를 닦는 다크니스를 힐끔 쳐다보며 코타츠에서 기어 나온 나는 내 카드를 쳐다보았다.

카드에 적힌 레벨은 13이었다.

······맙소사. 내 레벨이 가장 낮잖아.

게다가 다른 애들의 말에 따르면 모험가처럼 약한 직업인 사람은 상급 직업인 사람보다 레벨이 잘 오른다는데······.

카드를 쳐다보고 있는 나를 본 세나가 고개를 갸웃거렸다. 그리고 올곧기 그지없는 눈빛으로 내 얼굴을 지그시 바라보면서—

"사토 씨의 레벨은 얼마죠? 마왕군 간부와 싸워온 사토 씨라면 분명 레벨도 높으실······."

"어, 어이, 너희들! 장비 다 챙겼으면 퀘스트 하러 가자!"

나는 세나의 말을 끊은 후, 될 대로 되라는 심정으로 말했다.

3

나는 메구밍과 함께 대장간으로 향했다.

"카즈마는 저 여자를 꽤 거북해 하는 것 같네요. 구속됐을 때, 꽤나 혹독한 취조를 당했나 봐요?"

내가 고개를 푹 숙인 채 터벅터벅 걷자, 그녀가 나에게 물었다.

"딱히 심한 짓을 당하지도 않았고, 거북해 하는 것도 아니지만······. 저 사람은 나를 정의의 사도라고 생각하는 것 같거든. 나는 가능한 한 일하지 않으면서 편하게 살고 싶은 인간이라고. 그러니 그런 눈으로 좀 쳐다보지 말았으면 좋겠어."

마왕군 간부인 바닐을 쓰러뜨린 후, 세나는 나한테 자주 말을 걸었다.

하지만 나는 미츠루기 같은 녀석들처럼 특수한 힘을 가지고 있지 않다.

스테이터스 또한 행운을 제외하면 일반적인 모험가 수준에도 미치지 못한다.

솔직히 말해 마왕군 간부를 해치운 것도, 디스트로이어를 쓰러뜨린 것도, 운이 좋았던 것뿐이다.

그런 나한테 사사건건 의지하려 하는 건 좀…….

"저는 그 검찰관과 마찬가지로 카즈마를 꽤 높이 평가해요. 그 어떤 강적이 나타나더라도 더럽고 치사한 수작을 써서 이길 것 같거든요."

"그 말, 칭찬이야? 욕이야? 응?"

그런 이야기를 나누다 보니, 어느새 대장간에 도착했다.

사실 나도 겨울 동안 집안에서 뒹굴거리기만 했던 것은 아니다.

바닐의 제안에 따라 간단하게 만들 수 있는 상품 개발에 착수한 나는, 그것을 위해 새로운 스킬을 익혔다.

이 대장간의 주인에게 가르침을 구해, 《대장장이》 스킬을 익힌 것이다.

이 스킬을 지니면 금속 가공 뿐만 아니라 뭔가를 만드는 능력 자체가 좋아진다.

참고로 내 상품 개발 작업은 코타츠를 제작한 순간, 그대로 중단되었다.

그리고 이 대장간의 주인에게는 스킬을 배운 대신, 텔레비전 방송을 보고 대충 알고 있었던 일본도 제작 방법을 가르쳐줬다.

또한 값싼 쇼트 소드도 많이 상했고 꽤 많은 돈이 생겼기 때문에, 대장간 주인에게 부탁해서 장비를 새롭게 맞추기로 했다.

그리고 내가 가르쳐준 방법으로 만든 첫 번째 칼은 나에게 팔기로 약속했다.

그 외에도 가슴 갑옷과 갑옷 토시, 정강이 갑옷만으로는 좀 불안했기 때문에 제대로 된 갑옷도 하나 주문했다.

오랫동안 집에 틀어박혀 있었으니 이제 슬슬 완성되었을 것 같은데……

"안녕! 아저씨, 다 됐어? 내 칼 완성됐어?"

"어서 오……. 뭐야, 너였냐. 네가 가르쳐준 KATANA라는 검 말인데, 일단 완성됐다. 네가 말한 형태로 만들어보기는 했는데……"

내가 대장간에 들어서면서 말을 걸자, 주인은 칼집에 들어

있는 한 자루의 검을 가지고 왔다.

그 검의 날은 일본도처럼 휘어져 있었다.

내가 칼자루를 쥐고 뽑아보니…….

"오오……. 그럴듯하네……! 진짜처럼 아름답지도 않고, 날카로워 보이지도 않지만, 이건 이것대로 괜찮은걸."

"완벽하지 않은 건 인정하지만 너무하잖아! 네가 말한 담금질이라는 기술 말인데, 여러모로 조사해봤지만 알 수가 없더라고. 뭐, 그래도 꽤 재미있는 작업이었어. 이제 마법이 걸린 이 부적에 이름을 써서 검의 칼자루에 붙이면 완성이야. 이제부터 그게 네 애검이 될 거야. 멋진 이름을 지어주라고."

주인은 그렇게 말하면서 씨익 웃은 후, 내가 부탁했던 갑옷을 꺼냈다.

검의 이름이라—.

나는 칼날을 쳐다보면서 게임 같은데서 자주 나오는 칼의 이름을 떠올렸다.

"카즈마, 카즈마. 이름따위 후딱 정하고 빨리 토벌하러 가요. 겨울 동안 계속 틀어박혀 있었더니 스트레스가 잔뜩 쌓였단 말이에요!"

"……너는 매일같이 폭렬마법을 날리러 외출했었잖아. 아무튼 잠시만 기다려. 검의 이름이라는 건 엄청 중요한 거야. 그러니 곰곰이 생각 좀 해보고……."

들뜬 표정으로 재촉하는 메구밍에게 그렇게 말한 후, 나는 다시 생각에 잠겼다.

무라마사…… 마사무네…… 코테츠…….

"받아. 네가 같이 주문했던 풀 플레이트 메일이다. 곳곳에 아다만타이트를 썼으니, 이 마을의 모험가가 쓰기에는 꽤 고급스러운 장비야. 소중히 여기라고."

내가 무기의 이름을 생각하고 있을 때, 주인이 갑옷을 가지고 왔다.

푸르게 빛나고 있는 전신 갑옷은 보는 이들에게 위압감을 줬다. 이것만 입으면 대미지 걱정을 하지 않아도 될 것 같았다.

나는 희희낙락하면서 그 갑옷을 입었고……!

"어때? 사이즈는 딱 맞지?"

주인이 자신만만한 목소리로 말했다.

확실히 사이즈는 딱 맞았다. 하지만…….

"무거워서 움직일 수가 없는데요."

"…………그, 그래……?"

주인은 나를 불쌍하다는 듯이 쳐다보았다.

나의 빈약한 스테이터스로는 이런 고급품을 장비할 수 없었다.

다행히 내 신체 사이즈는 평범하기 때문에 별말 없이 반품을 받아줬다.

공격, 방어, 양쪽 다 대폭 파워 업할 예정이었지만 어쩔 수 없다.

새로운 무기를 장만한 것만으로도 다행이라고 생각하자.

"그럼 칼의 이름만 정하면 되겠네. 정신 바짝 차리고 제대로 된 이름을 지어줘야겠어. ……키쿠이치몬지…… 코가라스마루……."

내가 팔짱을 낀 채 고민에 잠겨있을 때, 옆에 있던 메구밍이 느닷없이 말했다.

"츈츈마루."

"……방금 뭐라고 했어?"

"츈츈마루라고 했어요. 이 검의 이름은 『츈츈마루』예요."

어느새 내 검을 소중히 끌어안은 메구밍이 말했다.

……어이어이.

"그런 한심한 이름을 어떻게 붙이냐고. 큰 돈을 들여서 만든 오더메이드란 말이야. 내 애도인 만큼 멋진 이름을……."

"앗!"

대장간 주인은 메구밍이 안고 있는 칼을 보더니 깜짝 놀란 목소리를 냈다.

나도 덩달아 칼을 쳐다보니, 그 칼의 자루 부분에는 마법이 걸린 부적이 붙어 있었다.

그 부적에 적힌 글자는…….

"……아가씨가 이름을 적은 거야……?"

"예. 제가 적었어요. 오늘부터 이 검은 츈츈마루예요. 자,

카즈마. 이제 볼일은 끝났죠? 빨리 토벌하러 가요!"

"너너, 너, 이게 무슨 짓이야! 아아…… 내 칼이……!"

나는 묘한 이름이 붙은 칼을 든 채, 메구밍에게 끌려갔다.

"인마……. 이 칼을 장만하느라 돈이 꽤 많이 들었단 말이
야. 게다가…… 만약 내가 이 칼을 들고 마왕을 쓰러뜨린다
면, 전설의 용사가 사용한 성검 츈츈마루라는 플레이트가
붙은 채 박물관에 전시될 거라고. 하아, 그렇게 되면 네가
책임질 거야? 응?"

"우유부단한 카즈마를 대신해 멋진 이름을 지어줬는데 뭐
가 그렇게 불만인 거죠? 그것보다 다크니스는 아쿠아를 무
사히 설득했을까요?"

메구밍은 불안 섞인 목소리로 그렇게 말했다.

우리가 무기를 가지러간 사이, 다크니스는 아쿠아를 설득
하기로 했는데…….

"싫어~! 오늘은 가기 싫어! 내일! 내일 날씨가 좋으면 갈
게! 오늘은 불길한 예감이 들어! 여신의 감이라구!"

"또 여신을 자칭하는 것이냐! 자, 바보 같은 소리하면서
소파에 들러붙어있지 말고……, 아앗, 머, 머리카락을 당기
지 마라!"

─저택으로 돌아가 보니, 아쿠아와 다크니스가 실랑이를

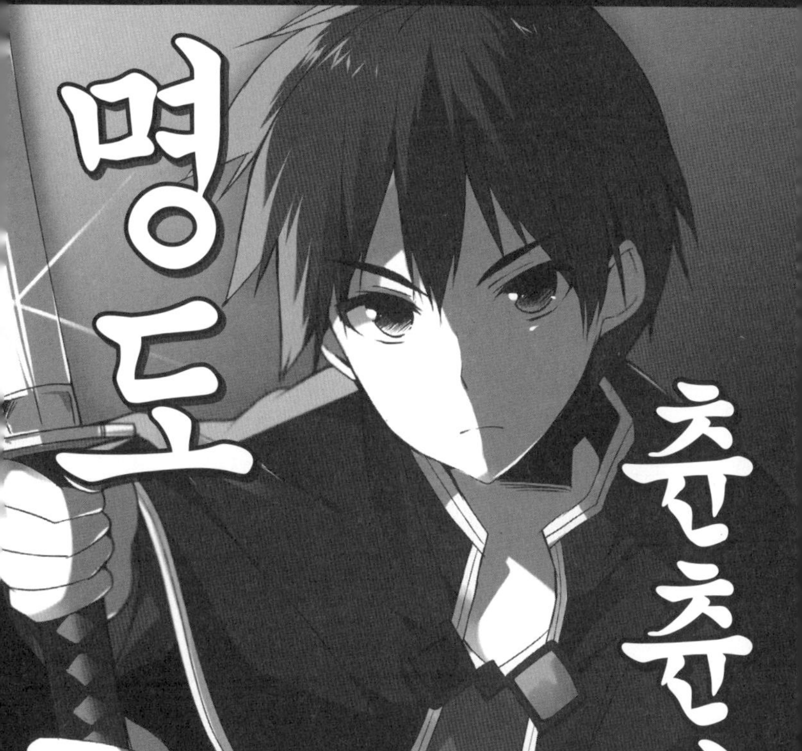

명도
츈츈마루

벌이고 있었다.

아무래도 설득에 실패한 것 같았다. ······어쩔 수 없지.

"다크니스. 이렇게 된 거 오늘은 아쿠아를 두고 가자. 우리 셋이면 아마 충분할 거야."

"역시 카즈마! 한 번씩 괜찮은 소리를 한다니깐! 자, 다크니스. 카즈마 씨가 방금 한 말 들었지? 빨리 이 손 놔!"

내가 아쿠아를 편들어주자, 그녀는 자신을 잡고 있는 다크니스의 손을 찰싹찰싹 때렸다.

"그것보다 오늘은 오래간만에 퀘스트를 하는 거잖아. 보수를 받으면 밖에서 맛있는 걸 먹자. 다 같이 전골이라도 먹으면서 연회를 벌이자고."

내가 별 생각 없이 그렇게 말하자, 연회의 여신님이 반응을 보였다.

내 의도를 눈치챈 다른 두 사람은 서로를 쳐다본 후―

"그래요. 모험을 다시 시작하는 기념일이잖아요. 원기보충도 할 겸 오늘 밤에는 사치를 좀 부리죠."

"그래. 오늘 하루 정도는 즐기도록 할까. 귀족들이 주로 이용하는 좋은 가게가 있다. 거기를 예약해두지."

―바로 그런 소리를 했다.

다크니스는 움켜쥐고 있던 아쿠아의 옷깃을 놓았다. 그러자 아쿠아는 불안한 표정을 지으면서 말했다.

"······저, 저기 말이야. 재료를 사와서 저택에서 전골 파티를 하는 것도 좋지 않아? 모험을 마치고 지쳐서 돌아온 너희를 위해 내가 전골 파티 준비를 해둘게. 그러니까 여기서 연회를 하자."

아쿠아는 여전히 소파 등받이에 들러붙은 채, 우리를 올려다보면서 말했다.

그런 아쿠아에게, 우리는—.

"""집 잘 보고 있어."""

"와아아아아아, 내가 잘못했으니까 두고 가지 마~!"

4

아직 눈이 곳곳에 남아있는 마을 외곽의 넓은 평원.

"좋아. 적당한 위치야. 그럼 시작하자!"

드문드문 존재하는 나무 위에서 저격 스킬로 장거리 저격 태세에 들어간 나는, 지금부터 작전을 시작하겠다는 신호를 보냈다.

"좋아! 이쪽도 준비 다 됐어! 기왕 이렇게 된 거 빈약한 카즈마는 레벨을 쭉쭉 올려서 강해진 후, 나를 위해 마왕을 쓰러뜨려줘야겠어."

아쿠아는 내가 있는 나무 밑에서 팔짱을 끼며 당당하게 서더니 나를 올려다보았다.

그러고 보니 마왕을 쓰러뜨린다는 목표도 있었지…….

"음, 아쿠아가 지원마법도 걸어줬으니 몇 마리가 공격을 해대든 견뎌낼 수 있다!"

대검을 지면에 꽂은 다크니스는 칼자루 부분에 손을 얹은 채 믿음직한 목소리로 그렇게 말했다.

"해치우지 못하겠다면 저한테 맡겨 주세요. 이쪽으로 다가오면 제가 한 번에 싹 쓸어버릴게요."

메구밍이 지팡이를 들어 올리더니 여유 넘치는 표정을 지으면서 미소 지었다.

—나 이외의 멤버들은 모두 레벨이 20을 넘었으며, 장비 또한 충실해진 우리는 어엿한 중견 모험가들이라고 할 수 있으리라.

"좋아. 그럼 시작하자! 작전대로 가는 거야! 우선 내가 임금님 러너와 공주님 러너를 저격하겠어! 그 두 마리만 해치우면 무리가 뿔뿔이 흩어진다니까 남은 졸개들은 그냥 두자. 저격에 실패해서 적들이 우리를 공격한다면 다크니스가 공격을 견디는 사이 내가 임금님 및 공주님 러너를 한 번 더 저격할게. 그것도 실패한다면 포위당하기 전에 메구밍의 폭렬마법으로 전부 쓸어버린 후, 살아남은 녀석을 저격으로 해치우겠어. 아쿠아는 전체적인 엄호를 부탁해. ……그럼 시작하자!"

언제나 무계획이었던 우리답지 않게 이번에는 실패도 고려한 계획적인 작전을 짰다.

우리도 계속 아마추어일 수는 없다.

나는 나무 위에서 천리안 스킬을 통해 한참 떨어진 곳에 있는 리자드 러너 무리를 포착했다.

리자드 러너는 세나가 설명해준 것과 똑같은 모습을 하고 있었다.

목도리도마뱀을 녹색으로 물들이고 큼직하게 만든 듯한 이족보행 파충류였다.

그 리자드 러너의 무리 안에는 다른 러너보다 몸집이 훨씬 큼직한 녀석이 한 마리 있었다.

머리에 닭 벗처럼 생긴 뿔이 달린 그 녀석은 다른 리자드 러너를 이끌고 있었다.

"어이, 아쿠아. 머리에 닭 벗 같은 뿔이 달린 리자드 러너가 있어. 저게 공주님인 건 알겠는데 임금님은 어느 녀석이야?"

"그걸 내가 어떻게 알아. 임금님 러너니까 가장 잘난 것 같은 녀석이 임금님 아닐까?"

어떻게 그 잘난 것을 구분하면 되는 거냐고 말하고 싶었지만, 아쿠아에게 물어본 내가 바보라는 생각이 들었기에 관뒀다.

공주님 러너는 생김새가 특이해서 간단히 찾았지만, 달리기 승부에서 이긴 도마뱀을 구별할 방법은…….

바로 그때, 공주님 러너에 찰싹 달라붙어 있는 한 도마뱀이 눈에 들어왔다.

맞아. 그 승부에서 이긴 녀석이 공주님과 부부가 된다고
했었지.

그렇다면 공주님과 가장 사이가 좋은 녀석이 임금님 러너
일 거야.

나는 그 도마뱀을 조준하면서, 화살의 시위를 힘껏 잡아
당긴 후…………!

"그래! 카즈마, 나한테 좋은 생각이 있어! 달리기 승부에
서 1등 한 녀석이 임금님 러너라면, 임금님 러너는 저 안에
서 가장 빠른 녀석일 거야! 신성마법 중에는 적이 다가오지
못하게 하는 마법뿐만 아니라 몬스터가 다가오게 하는 마법
이 있어! 그 마법으로 러너들을 이쪽으로 유인해서 가장 먼
저 여기에 도착한 녀석이 임금님이야!"

멀리서 안전하게 임금님을 노리기 위해, 어느 녀석이 임금
님인지 알고 싶었는데 말이야.

아쿠아는 적을 유인해서 임금님을 선별한다고 하는, 완전
주객전도인 작전을 내놓았다.

"어이, 너 지금 무슨 소리를 하는 거야. 여신에게는 불을
보면 기름을 들이부어야 직성이 풀리는 습성이라도 있는 거
야? 이미 어느 녀석이 임금님인지 알아냈어. 그러니까 괜한
짓……."

"『포르스 파이어』!"

내가 말을 끝까지 잇기도 전에, 아쿠아가 마법을 펼쳤다.

아쿠아의 손에 푸르스름한 불꽃이 맺혔다. 몬스터가 아닌 나조차도 그 불빛을 보자 아쿠아를 때려주고 싶다는 충동을 느꼈다.

쓸데없는 짓을 벌인 아쿠아를 보고 짜증이 난 탓도 있겠지만, 이 충동은 마법에서 비롯된 것 같았다.

그 불꽃은 멀찍이 떨어진 곳에 있는 리자드 러너들의 눈에도 보인 것 같았다. 그 도마뱀들은 새된 괴성을 지르면서 아쿠아를 향해 달려들었다.

"""엄청 빠르네?!"""

나와 다크니스, 메구밍이 달려오는 도마뱀들의 속도를 보고 경악했다.

메구밍이 허둥지둥 폭렬마법을 영창하기 시작했지만, 저렇게 빨라서야 마법이 완성되기 전에 공격을 받을 것이다.

다크니스가 메구밍 앞에 섰고, 나는 화살의 시위를 당긴 채 화를 냈다.

"야 이 멍청아! 너는 매번 사고를 쳐야 직성이 풀리는 거냐?! 아무도 너한테 바보짓을 하라고 말하지 않았거든?! 그 광대 근성 좀 버려! 임금님과 공주님만 몰래 해치우면 무력화되는데, 왜 저 녀석들을 유인한 거냐고!"

"너, 너무해! 나도 도움이 되려고 그런 거니까 화내지 마! 그리고 이제 무슨 일이 벌어질 지는 나도 알고 있거든?! 나는 저 러너들에게 호되게 당한 후 또 엉엉 울어댈 거야! 매번 그랬다구! 자, 죽일 거면 빨리 죽여~!"

나한테 한소리 듣고 될 대로 되라는 심정이 된 아쿠아는 그렇게 외치면서 땅바닥에 대자로 벌러덩 드러누웠다.

"이 멍청아! 하다못해 지원과 치유 정도는 해! 그런데서 자지 마! 진짜로 밟혀서 죽을 거라고!"

아쿠아를 향해 고함을 지른 나는 이쪽을 향해 엄청난 속도로 뛰어오는 임금님 러너를 활로 조준한 후, 저격 스킬로 공격했다.

내가 쏜 화살은 앞장서서 뛰어오고 있는 임금님 러너로 추정되는 도마뱀의 미간에 꽂혔다.

저격 스킬의 명중률은 행운 수치에 의존한다.

나는 화살 같은 것을 다뤄본 적이 없지만 스킬을 사용하면 높은 행운 수치 때문에 공격을 명중시킬 수 있었다.

임금님을 잃었으니 다른 도마뱀들이 겁먹을까 했지만, 어찌된 영문인지 도마뱀들은 더욱 기세를 올렸다.

"어이, 아쿠아. 언제까지 드러누워 있을 거야! 임금님 같은 녀석을 해치웠는데, 저 녀석들이 더 흉포해졌어!"

아쿠아는 대자로 뻗은 채 고개를 옆으로 휙 돌리면서 말했다.

"임금님을 먼저 쓰러뜨린 바람에 새로운 임금님 러너가 될 찬스가 얻은 도마뱀들이 흥분한 거야. 그러니 공주님 러너부터 먼저 해치워야 해."

"그런 중요한 건 미리 말해애애앳! 메, 메구밍! 메구밍~! 마법 준비는 됐어?! 폭렬마법을 쓰는 걸 허가할게! 거리는 충분해! 저 녀석들을 한 방에 날려버리라고!"

"맡겨만 주세요! 와하하하하, 나의 폭렬마법을 받아라! 『익스플로전』~!!!!"

메구밍이 그렇게 외쳤지만, 아무 일도 일어나지 않았다.

"윽?! 아아앗! 마력이! 카즈마, 마력이 부족해서 폭렬마법을 발동시킬 수가 없어요!"

"뭐?! 왜 하필 이럴 때…… 잠깐만, 아앗!"

오늘 아침, 내가 드레인 터치로 메구밍의 마력을 흡수한 탓이구나!

"어어어, 어쩌죠, 카즈마?! 공주님이! 공주님 러너가 엄청난 기세로……!"

고개를 돌려보니, 남편인 임금님 러너를 잃은 분노 때문인지 닭 볏 같은 뿔이 달린 커다란 도마뱀, 즉 공주님 러너가 다른 도마뱀들과 함께 우리를 향해 쇄도하고 있었다.

내가 있는 나무 밑에는 아쿠아가 드러누워 있었고, 그 옆에는 메구밍이 있었다.

그리고 다크니스는 두 사람을 지키려는 듯이 앞으로 나섰다……!

"후하하하핫! 덤벼라~!"

다크니스가 희희낙락하면서 텐션이 하늘을 찌를 듯한 목소리로 그렇게 외치자…….

리자드 러너의 무리가 메구밍의 앞에 선 그녀를 향해 돌진했다.

"와아아아아아아! 카, 카즈마 씨~! 카즈마 씨~!!"

리자드 러너들에게 이리 차이고 저리 차이고 있는 아쿠아가 이제 와서 비명을 질렀지만, 지금은 그녀를 신경 쓸 때가 아니었다.

공주님 러너는 마치 내가 원수라도 되는 양 나를 똑바로 노려보고 있었다.

아무래도 엄청난 속도로 달려온 기세를 이용해서 나무 위에 있는 나에게 발차기를 날릴 심산인 것 같았다. 우와, 무서워!

"다, 다크니스, 조금만 더 버텨줘! 지금 이 녀석을 해치울게!"

"오오, 걱정하지 마라! 아아아아아, 처, 천천히 해도 된다 하웅!"

나무 밑에서 리자드 러너들에게 마구 걷어차이고 있는 다크니스의 목소리를 들으면서 활시위를 당긴 나는 공주님의 볏 아래의 미간을 조준했다……!

"쿠키에에에엣!!"

"저격!!!"

괴조(怪鳥)의 울음 같은 소리를 내면서 나를 향해 날아 차기를 날리는 공주님 러너의 미간을 향해, 나는 카운터 느낌으로 화살을 날렸다!

이렇게 가까우면 저격 스킬을 쓰지 않더라도 빗나갈 리가 없다.

내가 날린 화살이 미간이 꿰뚫은 탓에 몸에서 힘이 빠진 공주님 러너의 발차기는 나에게 닿지 않았다.

"종이 한 장 차이였어……!"

식은땀을 흘리면서 그렇게 말한 나에게 강렬한 충격이 덮쳤다.

날아 차기를 날리기 위해 점프를 한 공주님 러너의 몸이 나무와 격돌한 것이다.

그 엄청난 충격 탓에, 무방비한 상태에서 폼을 잡고 있던 나는 균형을 잃은 채 나무에서 떨어졌다.

밑에 있던 리자드 러너들은 나무에서 떨어지는 나를 보더니……!

—그대로 휙 피했다.

나는 그대로 머리부터 지면에 떨어졌고, 그와 동시에 우직하는 둔탁한 소리가 들렸다.

"카, 카즈마?! 괜찮아요?! 아쿠아! 카즈마가 이상한 자세로 떨어졌어요! 회복 마법을……."

메구밍의 절박한 목소리를 들으면서, 지면에 쓰러진 내 의

식은—.

5

"…………"

"…………"

나는 멍하니 선 채, 여신 에리스와 시선을 마주했다.

이곳은 일전에 내가 동장군에게 살해당하고 왔었던 신전 같은 방 안이었다.

나는 그곳에 멀뚱멀뚱 서있었다.

그런 내 눈앞에는 백은색을 띤 긴 머리카락과 푸른 눈동자를 지닌, 여전히 엄청나게 아름다운 에리스가 있었다.

이 진짜배기 여신님은 난처한 표정을 지은 채 손가락으로 볼을 긁적이면서 말했다.

"……저기, 좀 더 조심조심하면서 살아주시지 않겠어요? 예전에 규약을 어겨가면서 당신을 되살리느라 얼마나 고생했는데……. 선배라면 분명 이번에도 억지를 부려가며 당신을 살려내겠지만, 그때마다 고생하는 건 저랍니다……."

"잘못했습니다. 이번에는 정말 뭐라 할 말이 없어요. 잘못했습니다!"

공주님 러너를 해치우고 기쁨에 젖어있다가 나무에서 떨어져 사망하다.

내가 생각해도 정말 어이없는 죽음이다.

에리스는 땅이 꺼져라 한숨을 내쉰 후 말했다.

"모험가가 위험한 직업이라는 것은 알고 있어요. 알고 있지만……. 이번에는 너무 방심한 것 아닌가요……?"

나는 에리스를 향해 고개를 연거푸 숙였다.

에리스의 말대로, 아쿠아가 잠시 후에 나를 살려내리라.

즉, 또 그녀에게 폐를 끼치게 되는 것이다.

"으음……. 제가 죽은 후에 다른 사람들은 어떻게 됐죠? 무사한가요?"

"예. 무사하답니다. 바닥에 벌러덩 드러누워 있던 선배는 도마뱀들에게 밟히고 걷어차인 끝에 엉엉 울면서 도움을 요청했지만요……. 다크니스가 공격을 버티는 사이, 공주님 러너를 잃은 무리는 해산했어요. 메구밍 양도 다크니스가 지켜준 덕분에 무사해요. 지금은 선배가 당신의 몸을 고치고 있죠."

다행이야. 일단 토벌 자체는 성공한 건가.

그렇다면 이대로 잠시 동안 기다리자.

죽어놓고 이런 소리를 하는 것도 좀 그렇지만, 머리를 세게 부딪쳐 금세 의식을 잃은 탓인지, 아니면 슬슬 죽는 것에 익숙해진 건지는 모르겠지만…….

나는 목숨을 잃었는데도 느긋하기 그지없었다.

그런 나는 신기한 거라도 보듯 주위를 두리번거리며 관찰

했다.

"……죽음을 맞이했는데도, 이번에는 꽤 차분하시군요. 여기에 오는 사람들은 보통 흐트러진 모습을 보이는데 말이죠……."

"뭐, 일본에서 한 번, 그리고 이쪽 세계에서 두 번, 총 세 번이나 죽었거든요."

나는 에리스에게 그렇게 말하면서 방 안을 둘러보았다.

……정말 아무 것도 없는 방이었다.

에리스는 주위를 두리번거리는 나를 아무 말 없이 쳐다보았다.

나도 딱히 할 일이 없었기에 그녀를 쳐다보았고, 결국 우리는 단둘이서 서로를 지그시 쳐다보고 있었다.

……어쩌지. 엄청 거북해.

아쿠아 녀석은 왜 이렇게 시간이 걸리는 거야?

하지만—.

"이렇게 아무 것도 없는 방에 계속 있으면 심심하지 않나요? 이쪽 세계의 인구가 얼마나 되는지는 모르겠지만, 이곳으로 보내지는 사람이 많은가요?"

에리스는 미소를 지으면서 내 질문에 답해줬다.

"으음, 제가 담당하고 있는 건 몬스터에 의해 목숨을 잃은 사람들의 안내만이거든요……. 평소에는 꽤 바쁘지만, 겨울에는 모험가 여러분들이 밖을 돌아다니지 않아서 기쁘게도 저는 한가하답니다. 제가 한가하다는 것은 그만큼 여러분들이 건강히 잘 지낸다는 거죠. 그러니 제가 한가할수록 좋아요."

에리스 님은 그렇게 말하면서 빙긋 웃었다.

큰일 났다. 진짜로 큰일 났다. 가슴이 답답해지면서 얼굴이 화끈거렸다.

……그래. 전부터 내 이세계 생활은 뭔가 부족하다고 느끼고 있었어.

한 지붕 밑에서 살고 있는데도 나와 동료들 사이에서는 달콤쌉싸름한 이벤트가 전혀 일어나지 않았다.

다들 외모는 괜찮다. 괜찮은 편이지만…….

매일같이 난로 앞에서 낮잠을 퍼질러 자면서 먹고 자고만 반복하는 자칭 여신.

얼마 전에 열네 살 생일을 맞이했지만 아직 아청법에 걸리는 남자보다 기가 센 폭렬광 로리 꼬맹이.

몸매와 외모는 좋지만 성적 취향과 집안이 골치 아픈 돌팔이 아가씨.

내가 원하는 것은 괴짜가 아니다.

상냥하고 상식적인 여자애다.

—그렇다. 메인 히로인은 여기 있었다.

내가 얼굴을 붉힌 채 우물쭈물하고 있을 때…….

"실은 말이죠. 저도 계속 여기 있지는 않아요. 다른 사람에게 교대해달라고 한 후, 몰래 지상으로 놀러가기도 해요. ……참, 이건 비밀이에요."

에리스 님은 그렇게 말하더니, 예전에 봤던 것처럼 장난기 섞인 윙크를 하면서 미소 지었다.

오, 오오…….

내가 얼굴을 새빨갛게 붉히면서 고개를 끄덕였을 때였다.

≪카즈마~! 카즈마, 들려~? 리저렉션을 걸었으니까, 빨리 이쪽으로 돌아와! 에리스에게 문을 열어달라고 해.≫

언제 어느 때나 분위기 파악 못하는 녀석의 목소리가 들렸다.

조금만 더 시간이 걸렸으면 좋았을 텐데…….

나는 아까와 정반대되는 생각을 하면서 무심코 혀를 찼다.

"조금만 있다 갈게~. 에리스 님과 이야기 좀 나누고 싶거든. 그 동안 내 몸을 소중히 보관해줘~."

나는 아무 것도 없는 공간을 향해 큰 목소리로 말했다.

에리스 님이 「예?」 하고 말하더니, 약간 부끄러워하면서 고개를 숙였다.

내 목소리가 들린 건지 들리지 않은 건지는 모르겠지만, 주위에서는 잠시 동안 정적이 흘렀다. 그리고―.

≪뭐어~?! 너 지금 무슨 소리를 하는 거야?! 바보 같은

소리 하지 말고 빨리 돌아와! 빨리 레벨을 올려서 내가 천계로 돌아갈 수 있도록 마왕을 박살내달라구!≫

아쿠아의 그 말을 들은 순간, 나는 현실을 떠올렸다.

—마왕 퇴치.

그렇다. 마왕 퇴치다. 아직 레벨도 낮고, 아무런 힘도 없는 나는 마왕을 해치워야 한다.

게다가 끝내주는 문제아들이 동료라는 제약까지 걸린 상태에서 말이다.

이대로 되살아난들, 그 세 명과 함께 쭉 고생을 하면서 마왕 퇴치라는 무모한 짓을 해야만 하는 건가.

나는 현실을 알고 있다.

이대로 노력해봤자, 내가 불가사의한 힘에 눈떠서 운 좋게 마왕을 퇴치하는 것은 불가능하다. 이 혹독한 세계는 그렇게 물러터지지 않았다.

나는 아마 앞으로도 수도 없이 죽을 것이다.

그렇게 고생한 끝에 내가 얻을 수 있는 것은 뭐지?

……나는 아쿠아의 말에 대답하지 않고 생각했다.

앞으로의 인생을, 앞으로 해야 할 고생들을, 잠시 동안 생각해본 후…….

다시 태어나서 새로운 인생을 살기로 결심했다.

"어이, 아쿠아~! 나, 사는 데 지쳤으니까 그쪽으로 돌아가지 않을 거야! 갓난아기로 다시 태어나서 새로운 인생을 살래! 다른 애들에게 나 대신 작별 인사 좀 해줘~!"

"예엣?!"

에리스는 그 말을 듣고 깜짝 놀란 것 같았다.

≪너 지금 무슨 바보 같은 소리를 하는 거야! 자, 잠깐만, 기다려봐!≫

나는 당황한 아쿠아의 목소리를 들으면서 에리스를 향해 돌아섰다.

"다시 태어나기로 했으니까 잘 부탁해요, 에리스 님. 괜찮다면 부탁 몇 개만 해도 될까요? 나는 이번에도 남자로 태어나고 싶어요. 그리고 예쁜 이복누나와 예쁜 이복동생이 있는 가정에서 태어나고 싶네요."

"저, 저기, 잠깐만요! 자, 잠깐만 기다려 보세요!"

에리스는 내 말을 듣고 당황했다.

이윽고, 아쿠아의 목소리가 또 들려왔다.

≪카즈마~! 다크니스가 빨리 돌아오지 않으면 네 얼굴에 낙서를 하겠대! 한 손에 펜을 들고 희희낙락하고 있다구.≫

……그, 그런 소리 해봤자 나는 흔들리지 않아.

어차피 이미 죽었잖아. 내 몸을 마음대로—

≪……어? 메구밍, 뭐하는 거야? 카즈마의 옷을 어떻게 할……. 어, 어, 메구밍?! 자, 잠깐만, 메구밍?!≫

"어, 어이, 내 몸에 무슨 짓을 하는 거야. 죽은 사람한테 해코지하면 천벌 받는다고!!"

대체 내 몸은 무슨 짓을 당하고 있는 것일까.

내가 불안에 사로잡혀 있을 때, 아쿠아가 외쳤다.

≪메구밍! 메구밍!! 카, 카즈마 씨~! 빨리 돌아와~! 빨리 돌아오란 말이야~!!≫

"어이, 말려! 아쿠아, 메구밍을 말리라고! 말려……! 에, 에리스 님, 부탁이에요! 문을 열어주세요! 빨리 열어주세요!!"

내가 당황하자, 에리스는 빙긋 웃으면서 손가락을 움직였다.

그러자 소리를 내면서 새하얀 문이 내 눈앞에 나타났다.

나는 허둥지둥 그 문 앞에 선 후—

"그럼 카즈마 씨. 더는 이곳에 오지 않기를 진심으로 빌게요. 그럼! 다녀오세요!"

에리스의 배웅을 받으며, 그대로 문을 열었다……!

6

정신을 차려보니, 화날 대로 화난 메구밍의 시뻘게진 얼굴이 내 눈앞에 있었다.

메구밍은 드러누운 내 몸 위에 올라탄 채, 흐트러진 내 윗옷의 앞섶을 여며주고 있었다.

"……어이, 뭐하고 있는 거야? 너는 폭렬광인 점과 이름을 빼면 세 명 중에서 유일하게 상식적인 녀석이라고 생각했는데, 대체 나한테 무슨 짓을 한 거야?"

메구밍은 내 몸에 무슨 짓을 했느냐는 질문에 대답하지 않고 몸을 일으켰다.

"어이, 내 이름에 불만이 있으면 어디 말해봐라. ……돌아오지 않겠다는 바보 같은 농담을 하니까 이렇게 되는 거예요. 다음에 또 그런 바보 같은 어리광을 부리면 더 엄청난 짓을 할 거예요."

바보 같은 농담이라고 말하는 메구밍에게, 실은 반 이상 진담이었다고 말하면 엄청 화낼 것 같았다.

나는 내 몸 곳곳을 만져보면서 일어났다.

"……어이, 대체 나한테 무슨 짓을 한 거야? 경우에 따라서는 내일부터 메구밍의 얼굴을 보는 것도 부끄러워질 것 같거든?"

다크니스 쪽을 쳐다보니, 귀까지 새빨개진 그녀는 얼굴을 양손으로 가린 채 몸을 웅크리고 있었다.

몸을 웅크린 채 내가 일어날 때까지 기다리고 있던 아쿠아에게 눈짓으로 물어보니…….

"……너, 신성한 여신님에게 무슨 말을 시키려는 거야? 본인에게 물어보라구."

그렇게 말하면서 고개를 휙 돌렸다.

"어, 어이, 메구밍. 가르쳐줘. 안 그러면 나는 내일부터 너를 엄청 의식하게 될 것 같다고……."

"집에 돌아가서 목욕할 때 알게 될 거예요. ……그것보다 목은 괜찮나요? 아픈 데는 없나요?"

나는 목을 만져봤지만 아무렇지도 않았다.

그러고 보니 나는 나무에서 떨어져서 죽었지.

"카즈마의 목은 완전 말도 안 되는 상태였어. 처음에는 엑소시스트를 찍는 줄 알았다니깐. 꽤 중상이었으니까 보름 정도는 전투를 하지 마."

나는 아쿠아의 말을 듣고 소름이 쫙 돌았다.

엑소시스트라면 그거지? 목이 180도 돌아가는 애가 나오는 호러 영화 말이야.

내 목이 그렇게 되어있었던 거냐.

얼굴이 새파랗게 질린 내가 온몸을 부르르 떨자, 메구밍이 내 어깨를 가볍게 두드렸다.

"오늘은 빨리 저택으로 돌아가서 쉬죠. 그리고 카즈마 덕분에 리자드 러너 무리가 뿔뿔이 흩어졌어요. 수고 많았어요. 토벌 보고는 제가 해둘 테니까 카즈마는 먼저 저택으로 돌아가서 쉬고 있어요."

메구밍은 평소보다 상냥한 어조로 그렇게 말했다.

내가 죽음을 경험한 탓에 큰 충격을 받지 않았는지 걱정하고 있는 것이리라.

메구밍의 호의를 순순히 받아들이기로 한 나는 여전히 얼굴이 벌건 다크니스, 그리고 몸 곳곳에 리자드 러너의 발자국이 남아있는 아쿠아를 데리고 저택으로 돌아가기로 했다.

—마을에 도착하자, 메구밍은 모험가 길드로 향했다.

그리고 우리가 저택으로 향하고 있을 때였다.

"그런데 카즈마. 아까는 왜 그런 바보 같은 소리를 한 거야? 미녀들에게 둘러싸여 화려한 생활을 하고 있으면서, 뭐가 불만이라 살아나기 싫다는 소리를 한 건데?"

아쿠아가 그렇게 말하자, 다크니스도 고개를 끄덕였다.

그런 두 사람을 본 내가—.

"……훗."

""앗!""

무심코 코웃음을 치자, 두 사람 다 놀란 표정을 지었다.

그러는 사이 저택에 도착한 내가 현관문을 열려고 할 때 아쿠아는 시비조로 말했다.

"저기, 요즘 들어 우리를 너무 막 대하는 거 아냐? 오늘도 내가 되살려줬잖아. 카즈마는 살아나기 싫다고 했지만 말이야! 저기, 나를 너무 쓸모없는 애 취급 하지 마! 좀 더 제대로 숭배해! 물과 온천의 마을, 아르칸레티아에 가면 나를 숭배하는 동상뿐만 아니라 팬 굿즈 같은 것도 있다구!"

자신들이 모시는 신의 굿즈 같은 걸 파는 건 좀 그렇지 않냐고 생각한 나는, 뒤편에서 난동을 부리는 아쿠아를 돌아보지도 않은 채 말했다.

"바보야. 내가 언제 너를 쓸모없는 애 취급했다는 거야. 네가 없으면 누가 화장실 청소를 하냐고. 자칭 물의 여신님에게 딱 어울리는 일이잖아?"

"바로 그 점이야! 나는 물의 여신이야! 화장실의 신이 아니라구!! 그런 식으로 부려먹는 게 너무하다는 거야. 나를 좀 더 소중히 대하란 말이야!"

나는 울먹거리면서 골 때리는 소리를 하는 아쿠아를 적당히 무시하며 저택 안으로 들어섰다. 그리고 그대로 현관에서 가슴 갑옷을 벗었다.

다크니스도 리자드 러너에게 차인 탓에 곳곳에 상처가 난 갑옷을 벗고 있었다.

그런 다크니스가 가슴 갑옷을 벗는 내 아랫배를 힐끔힐끔 쳐다보았다.

……응?

내가 영문을 모르겠다는 표정을 지으면서 쳐다보자, 다크니스는 볼을 붉히면서 고개를 돌렸다.

그녀가 저러는 이유가 신경 쓰였지만, 갓 되살아난 탓인지 몸이 꽤나 무거웠다.

빨리 쉬고 싶었기에 나는 가장 먼저 씻기로 했다.

욕실로 간 나는 마력식 급탕기에 마력을 공급해 물을 데웠다. 그리고 탈의실에서 옷을 다 벗은 후—

나는 알몸으로 욕실에서 뛰쳐나갔다.

"메구밍 어디 있어?! 아직 돌아오지 않은 거야?! 그 로리 꼬맹이, 어린애라고 내가 봐줄 거라 생각하나 본데, 스틸로 옷이란 옷은 모조리 벗겨서 나와 같은 꼴로 만들어 주겠어!"

"메구밍은 길드에서 볼일을 마친 후 며칠 동안 친구가 머무는 여관에서 지내고 오겠다고오오오오오?!"

잡지를 읽으면서 소파에서 쉬고 있던 다크니스는 알몸인 나를 보자마자 허둥지둥 잡지로 얼굴을 가렸다.

이 녀석이 수치심을 느끼는 기준이 어디에 있는지 여전히 알 수가 없지만, 지금은 다크니스를 신경 쓸 여유가 없었다.

핏발 선 눈으로 이를 갈고 있는 나를 본 아쿠아가 말했다.

"……저기, 카즈마. 스스로에게 자부심을 가지는 건 좋지만, 그래도, 저기, 그런 자기주장은 좀 그렇다고 생각해."

"이, 이 바보야! 너, 메구밍이 내 몸에 이걸 쓸 때 옆에 있었잖아! 제, 젠자아아아아아앙!"

나는 다시 욕실을 향해 뛰어갔다.

그리고 울먹거리면서 아랫배에 적힌 『성검 엑스칼리버↓』라는 낙서를 지웠다.

1

기묘한 표정을 지은 메구밍이 거실 소파에 앉아있는 나에게 애원했다.

"저번 일은 사과할게요. ……그러니까 예전의 카즈마로 돌아와 주세요."

폭신폭신한 모피로 된 가운 차림으로 소파에 느긋하게 앉아있는 나를 향해, 융단 위에서 무릎을 꿇은 메구밍이 고개를 숙였다.

한 동안 외박을 했던 메구밍은 저택으로 돌아오더니 나에게 계속 사과를 했다.

"저번 일……?"

아, 내 거기에 낙서를 한 것 말이구나.

"그런 사소한 일은 이제 신경 안 써. 부자가 그런 사소한 일을 계속 신경 써서야 되겠냐고. 그것보다 메구밍도 차 마실래? 실은 좋은 찻잎을 구했어."

나는 그렇게 말하면서 메구밍을 향해 미소 지었다.

관대하기 그지없는 나를 보고 감동했는지, 메구밍은 금방이라도 울음을 터뜨릴 것 같은 표정을 지었다.

"정말 미안해요! 제가 잘못했어요. 그러니까 원래의 카즈마로 돌아와 주세요! 지금의 카즈마는 정말 기분 나빠요! 부탁이에요! 진심으로 부탁할게요!!"

"원래 나로 돌아와 달라는 게 무슨 소리야? 나는 항상 이랬잖아."

난로의 불을 쬐면서 쓴웃음을 짓는 나에게 아쿠아가 우아한 동작으로 찻잔을 건넸다.

"카즈마 씨, 최고급 홍차를 끓여왔답니다."

그렇게 말하면서 나에게 홍차가 담긴 찻잔을 건넨 아쿠아는 자신이 마실 찻잔을 쥔 채 내 옆에 앉았다.

나는 아쿠아가 끓여온 차를 한 모금 마신 후—.

"……맹물인데?"

"어머나, 제가 실수를 한 것 같군요. 죄송해요, 카즈마 씨."

"아냐. 다시 끓이면 되잖아. 고마워, 아쿠아. 이건 이것대로 잘 마실게."

"뭐가 어떻게 된 거예요?! 제가 며칠 동안 자리를 비운 사이, 대체 무슨 일이 있었던 거냐고요! 부탁이에요! 두 사람 다 원래대로 돌아와 주세요!"

나는 흥분한 메구밍을 달래면서 아쿠아에게 새 홍차를 끓여달라고 부탁했다.

아쿠아는 홍차를 끓이다 실수로 몸이 물에 닿아서 정화시켜버린 것이리라.

하지만 정신이 매우 온화한 상태인 나는 그 정도 일로는 화도 나지 않았다.

……바로 그때였다. 다크니스가 혼란스러워하는 메구밍에게 손짓을 했다.

다크니스는 지친 표정으로 자신에게 다가온 메구밍에게 며칠 동안 있었던 일을 이야기해줬다.

2

―메구밍이 도망친 다음날 아침의 일이다.

"그 로리 꼬맹이가아아아! 저택에 돌아오면 홀랑 벗겨버리겠어! 반드시! 반드시 벗겨버리겠다고!! 그리고 기가 센 그 녀석이 제발 용서해달라고 울며불며 애원하게 만들어 주겠어!"

아직도 얼굴이 벌건 다크니스가 광분한 나에게 말했다.

"그런 짓을 했다간 또 잡혀갈 거다, 카즈마. 그, 그것보다 메구밍을 울며불며 애원하게 만드는 방법에 대해 자세하게……."

거실.

코타츠 안에서 고함을 질러대고 있는 내 옆에, 무릎을 꼭 끌어안으며 앉은 다크니스는 흥미로 가득 찬 목소리로 물었다.

그런 우리를 향해, 난로 앞에 있는 아쿠아가 말했다.

"아침부터 되게 시끄럽네. 틈만 나면 싸운다니깐. 다들 나를 본받아서 차분해지라구. 나는 어제 저택에 돌아와서 목욕할 때 외에는 여기서 꼼짝도 하지 않았어."

"거기서 하루 종일 먹고 자고만 하는 폐인한테 그런 소리 듣고 싶지 않아! 젠자아아아앙! 완전히 말라버려서 지우느라 고생했단 말이다! 그 녀석, 절대 용서 못해! 벌써부터 그 녀석이 울부짖는 모습이 눈앞에 선하네!"

"저기, 메구밍을 울부짖게 만드는 방법에 대해, 좀 자세하게……."

바로 그때, 누군가가 현관문을 두드렸다.

"메구밍이냐?! 돌아온 거냐?!"

"자세하게……. 저, 저기……."

코타츠에서 기어 나온 내가 현관으로 가보니……!

"후하하하하하! 머리가 이상한 홍마족 계집이라고 생각했나? 유감스럽게도 이 몸이올시다! 쓰레기를 상품이랍시고 받아오는 것에 있어서는 천재적인 재능을 발휘하는 얼간이 점주는 눈썰미가 꽝이지. 그래서 눈썰미 좋기로 유명한 내다보는 악마, 바닐 님께서 교섭을 하러 왔다. 이 몸이 등장했다는 사실에 기뻐하면서, 잘 오셨습니다 라고 말하도록. 자, 우리 가게에서 팔 상품을 보여주실까! ……음?"

현관 앞에 있는 이는 수상쩍은 가면을 쓴 악마였다.

그 모습을 본 아쿠아는 난로 앞 소파에서 몸을 일으키더니—

"저기, 어떻게 이 저택에 들어온 거야? 이 저택 밖에는 너 같은 해충이 들어오지 못하도록 거룩하면서도 신성한 결계를 쳐뒀단 말이야."

"아하, 이 저택을 감싸고 있는 어설픈 막 말이냐. 흐음, 그게 결계였느냐. 너무 약해빠져서 어디 사는 풋내기 프리스트가 친 실패작인 줄 알았다. 이거, 실례했군. 어마어마하게 강한 내가 지나갔을 뿐인데 붕괴되어 버렸다."

소파에서 일어난 아쿠아는 바닐의 눈앞에 서더니—

"어머어머. 하지만 어마어마하게 강한 악마 씨의 몸 곳곳은 부서지기 일보 직전인데요? 어머나, 이게 대체 어떻게 된 거죠? 지옥의 공작이나 된다는 분이 저 정도 결계 때문에 이렇게 될 거라고는 꿈에도 생각 못했어요."

구김살 없는 미소를 지으면서 금방이라도 부서질 것 같은 바닐의 몸 곳곳을 손가락으로 콕콕 찔러댔다.

"후하하하하! 어차피 이 몸은 평범한 흙더미에 지나지 않지! 몸을 대신할 것은 얼마든지 있다. 사실 저택을 감싼 그 얇아빠진 막이 얼마나 대단한 건지 흥미가 생겨서 말이야. 뭐, 풋내기 마을에 있는 프리스트가 친 것치고는 꽤 괜찮더군. 음, 인간, 그것도 풋내기 프리스트가 친 것 치고는 말이야! 후하하하하하!"

바닐이 즐겁다는 듯이 웃자, 아쿠아는 미간을 찌푸리면서 엄청 가까운 거리에서 양아치처럼 노려보았다.

바닐도 아쿠아와 눈높이를 맞추더니, 그대로 그녀를 노려보았다.

"어, 어이, 좀 위험한 것 같지 않아? 다크니스, 저 녀석들을 말리는 걸 도와줘……! ……그런데, 뭐하고 있는 거야? 왜 갑자기 고개를 휙 돌리는 건데?"

"……아무 것도 아니다."

아까 다크니스가 나에게 질문을 던졌을 때, 내가 무시해서 삐친 걸까.

뒤돌아선 다크니스는 코타츠 안으로 들어가더니 이쪽은 쳐다보지도 않았다.

"어이, 너희들. 뭐, 너희가 싸우는 거야 어쩔 수 없는 일일지도 모르지만, 여기는 저택 안이야. 좀 진정하라고."

내가 말리기 위해 끼어들자, 두 사람은 일단 서로에게서 떨어졌다.

"저기, 카즈마. 이것과 같이 동업을 하려고 코타츠 같은 걸 만든 거야? 저기, 이 해충과 진짜로 동업할 생각이야? 인간의 혼을 빼앗거나 괴롭힐 생각밖에 없고, 인간의 나쁜 감정을 빨아먹으면서 겨우 연명하는 이 인류의 기생충과 계약을 하려는 거야? 아하, 정말 웃기지도 않는 농담이네! 푸푸푸풉!"

"후하하하하, 우리 악마는 계약을 철저하게 지키니 신뢰해도 된다. 믿기만 해도 행복해진다 같은 수상쩍은 감언이설로 순진무구한 사람들을 불러 모아서, 기부라는 명목으로 돈을 긁어모으는 사기 집단과는 다르지. 그 녀석들의 입버릇이 뭐였더라……. 그래그래.『신께서는 항상 당신을 지켜보고 계십니다』였던가. 오오, 맙소사! 이 몸은 진짜로 그런 신을 본 적이 있다! 저번에 목욕탕과 화장실을 따뜻한 눈길로 지켜보다 잡힌 그 남자는 신이었던 건가! 후하하하하하!"

두 사람은 그대로 감정이 실리지 않은 웃음을 흘린 후—.

"".............""

갑자기 입을 다물었다.

"『세이크리드 엑소시즘』!"

"화려하게 탈피!"

아쿠아의 갑작스러운 외침에 호응하듯, 바닐의 발치에서 빛으로 된 기둥이 생겨났다.

하지만 바닐은 재빨리 자신의 가면을 던졌다.

그 자리에 남아있던 몸은 빛의 기둥에 삼켜져 소멸했지만, 본체인 가면은 퇴마마법을 피했다.

바닥에 떨어진 가면은 융단 위에서 몸을 만들어내기 시작했다.

그러자 아쿠아는 재생 중인 몸이 아니라 본체인 가면을 향해 달려들더니, 그것을 몸에서 떼어내려고 했다.

"아하하하하, 이거네! 이게 네 본체지?! 잡았어! 잡았다구! 자, 어떻게 해줄까?! 이걸, 어떻게 해줄까~!"

"후하하하하. 이 가면을 파괴한들, 언젠가 제2, 제3의 이 몸이……! 어, 어이, 말하고 있을 때 가면을 벗기려고 하지 마라! 몸이 부서진단 말이다! 하다못해 내가 말을 끝까지 한 후에……."

"어이, 진정해. 이제 그만 진정하라고."

나는 희희낙락하면서 가면을 떼어나려고 하는 아쿠아와, 자신의 가면이 벗겨지는 것을 막기 위해 필사적으로 저항하는 바닐 사이에 또 끼어들었다.

―융단 위에서 책상다리를 하고 앉은 바닐은 내가 만든 도구들을 감정하고 있었다.

"음. 역시 내 안목은 틀림없었던 것 같구나. 이건 히트를 칠거다. 그래, 분명 히트를 칠거야. 코타츠라는 이름의 이 난방도구도 괜찮군."

"……."

매우 흥미로운 눈길로 코타츠의 이불을 걷으려 하는 바닐의 손을 다크니스가 찰싹 소리가 나게 쳐냈다.

다크니스가 아까부터 뭐 때문에 삐친 건지는 모르겠지만 거래를 방해하지는 말아줬으면 좋겠다.

"흠. 그럼 거래를 시작해볼까. 계약상으로는 매달 상품을 팔아서 생기는 이익의 10퍼센트를 지급하기로 했지만……. 어떠냐, 꼬마야. 이 상품들의 지적재산권 자체를 팔 생각은 없느냐? 이것들 전부 합쳐 3억 에리스에 사마."

"""3억?!"""

우리가 동시에 경악한 사이, 바닐은 내가 만든 고무로 된 물건을 유심히 쳐다보았다.

3억……! 3억이면, 사치만 부리지 않으면 평생 놀고먹을 수 있는 금액이잖아!

우리가 너무 놀라 딱딱하게 굳어버리자, 바닐은 말을 이었다.

"이 몸은 매달 이익을 환원해주는 방식이라도 딱히 상관은 없다. 뭐, 생산 루트만 확립시킬 수 있으면 이것들로 매달 백만 에리스 이상 너에게 지급해줄 수 있을 거다. 자세한 이야기는 실제로 판매하는 단계에 들어선 후에 정해도 된다. ……그런데 이건 어디에 쓰는 물건이지?"

매달 백만인가, 한 번에 3억인가.

우와, 어쩌지. 느닷없이 내 인생이 이지 모드가 되어버렸어!

평생 동안 잘 팔릴 거라는 보장은 없으니, 3억을 받는 편이 좋으려나?

아니, 통장 잔고를 신경 쓰지 않아도 된다는 점에서 볼 때, 매달 정해진 금액을 받는 편이 좋을까?

게다가 장사를 하는 이는 바로 이 악마다.

이 녀석, 이런 가면을 쓰고 마을 안을 어슬렁거리다 잡히는 거 아냐?

"이건 말이야. 풍선이라는 건데, 안에 바람을 넣어서 부풀린 후 가지고 노는 거야. 하나 줘봐."

아쿠아는 바닐에게서 고무를 넘겨받더니 그것에 바람을 불어서 부풀렸다.

"호오. 그럼 나도……."

다크니스도 흥미가 생겼는지 고무로 된 그것을 입에 댔다.

……그건 얇게 하거나, 찢어지지 않게 하는 게 어려워서 결국 제작을 단념한 피임도구인데요, 라고 이제 와서 말하는 것은 무리였다.

"그, 그런데, 네가 그런 차림으로 마을 안을 돌아다녔다간 들키지 않을까? 『이 마왕군 간부 자식!』 같은 말을 들으면서 공격을 받는 거 아냐?"

"음? 바보 같은 소리 하지 마라. 이 몸은 예전과 다른 가

면을 쓰고 있으니 알아볼 리가 없다. 이마 부분에서 찬란히 빛나고 있는 Ⅱ가 보이지 않는 것이냐?"

그게 뭐 어쨌다는 건데…….

태클을 걸려고 하는 나를 향해, 다크니스가 손짓을 했다.

"카즈마. 저 악마는 성격파탄자이기는 하지만, 인간을 죽이지는 않은 것 같다. 마왕성의 결계 유지도 하지 않는 것 같아서 모험가 길드의 상층부에서는 일단 요주의 관찰 정도만 하기로 결정을 내린 듯 해. 그리고 저 악마는 위즈의 가게에 머물고 있으니 무슨 일이 생기면 고명한 모험가인 점주가 막을 거라고 여기는 것 같다."

다크니스는 코타츠 안에 있는 나에게 귓속말로 말했다.

아하, 별다른 해를 끼치지 않는다면, 쓸데없이 자극해서 화나게 하는 것보다 방치해두는 편이 좋다고 판단한 거구나.

이래봬도 이 악마는 한때 마왕군의 간부였다.

그런 녀석을 없애려고 했다간 얼마나 큰 피해가 발생할지 알 수 없는 것이다.

"그러니 형식상으로는 마왕군 간부 바닐은 해치운 걸로 되어 있다. 토벌 보수를 다시 내놓으라는 말을 들을 일도 없을 거다."

그거 다행이네.

모처럼 부자가 될 것 같은데, 또 빚더미에 앉는 것은 사양하고 싶거든.

……그것보다, 진지한 얼굴로 이런 이야기를 하면서 피임 도구를 가지고 놀지 말아줬으면 좋겠는데 말이야.

"음. 상품 판매를 본격적으로 시작하려면 아직 시간이 걸린다. 그때까지만 둘 중 하나를 선택하면 되지. 그럼 이 몸은 가게가 걱정되니 돌아가 볼까."

"그 편이 좋을 거야. 너한테서 나는 악취가 내 신성한 집에 들러붙을지도 모르잖아. 자, 빨리 나가. 자, 빨리 나가라구!"

아쿠아가 손을 내젓자, 바닐은 이를 갈면서 돌아갔다.

―그건 그렇고 매달 백만과 일시불 3억이라…….

3

"―그 후로 두 사람은 계속 요 모양 요 꼴이었다."

"그렇군요. 이 두 사람이 엉터리 상류층 짓거리를 하고 있는 이유는 그것 때문이군요."

메구밍은 다크니스의 설명을 듣더니, 나를 쳐다보면서 말했다.

참고로 내가 애용하던 코타츠는 이미 바닐이 가지고 갔다.

그래서 아쿠아와 난로 앞 특등석 쟁탈전이 다시 벌어질 줄 알았는데, 지갑에 여유가 생기면 마음에도 여유가 생기는 것 같았다.

나와 아쿠아는 사이좋게 난로 앞 소파에 앉아 있었다.

그런 나를 잠시 동안 어이없다는 듯이 지켜보던 메구밍은 이윽고 자리에서 일어나면서 말했다.

"뭐, 돈이 있는 건 좋은 일이에요. 앞으로 자금 때문에 곤란한 일은 없는 거니까요……. 그럼 지금 바로 토벌을 하러 가죠! 카즈마의 레벨을 올리자고요!"

지팡이를 쥔 메구밍은 밝은 미소를 지으면서 그런 소리를—.

"뭐? 싫어. 무슨 소리를 하는 거야? 대금이 들어오는데, 왜 이제 와서 일을 해야 하냐고. 레벨? 그딴 건 이제 아무래도 상관없어."

나는 난로 앞에서 아쿠아에게 건네받은 두 잔째 맹물을 호로록 마시면서 딱 잘라 말했다.

……이제 슬슬 제대로 된 홍차가 마시고 싶네.

"……예?"

그 말을 듣고 딱딱하게 굳어버린 메구밍에게 나는 말했다.

"장비를 새로 맞추고 작전도 미리 짜서 퀘스트에 임했는데, 나는 또 죽어버렸잖아? 결정했어. 이제 토벌 같은 건 하러 가지 않을 거야. 나는 이제부터 장사로 먹고 살 거라고. 모험가 같은 위험한 일은 때려치우고, 편안한 인생을 살 거야."

"저기, 카즈마 씨. 그건 좀 곤란한데요. 마왕을 쓰러뜨려 주지 않으면, 여러모로 곤란한데요."

……흠.

"그럼 돈을 더 많이 벌어서 실력파 모험가를 잔뜩 고용하자. 그리고 그 녀석들에게 내 레벨을 올리는 걸 돕게 한 후, 마왕 토벌도 돕게 하는 거야. 그래. 고레벨 모험가 대군을 이끌면서 마왕의 성을 공략하는 거지. 어때? 마왕 퇴치도 현실미가 생기는 것 같지 않아?"

"바로 그거야! 역시 카즈마 씨! 모험가들의 볼을 지폐 다발로 찰싹찰싹 때려주면서 마왕의 힘을 빼놓게 한 후, 최후의 일격만 날릴 생각인 거네!"

"바로 그거야. 역시 나와 가장 오래 어울린 녀석이라 그런지 나에 대해 잘 알고 있는 걸."

나와 아쿠아가 그런 소리를 하면서 웃는 사이, 메구밍이 부들부들 떨기 시작했다.

"도, 돈의 힘으로 마왕을 쓰러뜨린다고요? 그딴 건 인정 못해요! 인정 못한다고요! 마왕을 대체 뭐라고 생각하는 거죠?! 마왕이라는 존재는 동료들과 함께 레벨을 올리며 자신을 철저하게 단련하고, 이윽고 숨겨진 힘 같은 것에 눈 떠서 최종 결전을 치른 끝에 쓰러뜨려야 해요! 그런데 뭐라고요?! 고레벨 모험가를 고용해서 쓰러뜨린다고요?!"

"아니, 그렇지만 말이야. 현실적으로 볼 때 내가 아무리 레벨을 올려봤자 그다지 세질 리가 없잖아. 고가의 장비를 걸치고, 엄청 레벨을 올려본들, 마왕에게 순식간에 당해버릴 자신이라면 얼마든지 있다고. ……그럼 마왕군 간부를 어찌어찌 해치워서 성의 결계가 풀리면, 고레벨 도적을 잔뜩 고용해서 잠복 스킬로 마왕을 암살—."

"그 야비하기 그지없는 작전은 뭐예요?! 그건 마왕군이나 쓸 법한 작전이라고요! 다크니스도 뭐라고 말 좀 해보세요! 이 두 사람, 날이 갈수록 폐인이 되어가고 있는 느낌이…… 다크니스?"

메구밍이 말을 걸자, 뭔가를 생각하고 있던 다크니스가 화들짝 놀랐다.

"아, 아니……, 날이 갈수록 폐인이 되어가는 카즈마를 보다보니, 이대로 계속 놔두면 완전 쓰레기 인간이 돼 버릴 것 같은 느낌이 드는 구나……. 일도 안 하면서 술에 찌들어 살고 돈 씀씀이도 헤퍼져서……. 결국 나에게 이런 소리를 하지 않을까? 『어이, 다크니스. 너 윤락업소에라도 취직해서 돈 벌어와……!』라고 말이다. 그리고 나는 언젠가 카즈마가 예전 모습으로 돌아올 거라고 믿으면서 몸을 팔기 시작……!"

"여기에도 날이 갈수록 폐인이 되어가는 사람이 있었군요! 아아, 정말! 어쩌면 좋죠?!"

"어이, 메구밍. 저런 변태와 나를 똑같이 취급하지 마. 그리고 나는 얼마 전에 죽었잖아. 리자드 러너와의 사투 끝에 목이 부러졌었다고. 하다못해 이 상처가 완전히 나을 때까지는 안정을 취하게 해달라고."

"나무 아래로 떨어져서 다친 거잖아. 안정을 취하기는 해야 하지만, 깔끔하게 치료했으니까 흉터도 안 남았고 아프지도 않을 걸?"

내가 옆에서 쓸데없는 소리를 하는 아쿠아를 무시하면서 목을 쓰다듬자…….

"……알았어요."

메구밍은 고개를 숙이면서 낮은 목소리로 말했다.

"이해해줬구나. 그럼 나는 빨리 상처가 나아서 전선에 복귀할 수 있도록 낮잠을 자겠어. 밤에는 더스트 녀석들과 한잔 하기로 했으니까, 저녁 때 되면 누가 깨워줘."

그 말을 남기고 내 방으로 돌아가려 하는 나에게…….

"……알았어요. 카즈마의 상처를 고치러 가죠."

메구밍은 여전히 고개를 숙인 채 그런 말을 했다.

"상처를 고치러 간다고? 아니, 한 동안 데굴데굴하면 나을 거야."

"탕치#1를 하러 가죠. 물과 온천의 도시 『아르칸레티아』로 말이에요."

"내 상처는 개의치…… 방금 뭐라고 했어?"

방금 온천이라는 단어가 들렸다.

중요한 말이니 한 번 더 말하겠다.

#1 탕치(湯治) 온천에서 목욕을 해서 병을 고침.

방금 온천이라는 단어가 들렸다.

"온천?! 저기, 아르칸레티아라고 했지? 물과 온천의 도시, 아르칸레티아에 간다고 했지?!"

아쿠아가 온천이라는 말에 나보다 더 격렬하게 반응했다.

물의 신을 자칭하는 만큼, 물과 온천의 도시라는 말에 흥미를 가진 것이리라.

온천, 이라.

온천, 하면……!

"오, 온천이라~. 그래, 우리도 강적들과 연달아 싸우느라 정신적으로 지쳤고 빚도 전부 청산했으니, 온천에 가서 좀 여유롭게 쉬다 오는 것도 괜찮겠지~."

"카즈마 씨는 왜 갑자기 교과서 읽는 말투가 되신 걸려나."

아쿠아가 난로 불빛을 받고 있는 내 얼굴을 가까운 곳에서 지그시 쳐다보았다.

이렇게 가까운 거리에서 그런 올곧은 눈동자로 쳐다보지 말아줬으면 하는데 말이야.

……바로 그때, 고개를 숙이고 있던 메구밍의 눈이 반짝인 것 같았다.

"……그럼 카즈마와 아쿠아는 온천에 가는 것에 찬성인 거죠?"

고개를 숙인 탓에 잘 보이지 않지만, 희미하게 보이는 입가가 히죽거린 듯한…….

"―그리고 갈 데까지 가버린 나는 이렇게 말하는 것이다!
제발 부탁이니 버리지만 말아줘요! 뭐, 뭐든지 할게요! 주인
니이이이이이임!"

자신의 세계에 빠진 채, 볼을 새빨갛게 붉힌 상태에서 몸
을 배배 꼬고 있는 다크니스를 본 메구밍은 그 자리에서 딱
딱하게 굳어버렸다.

"……이 녀석은 그냥 집에 두고 가도 괜찮지 않을까?"

"……뭐, 뭐어, 다크니스가 없으면 없는 대로, 가는 동안
힘들 테니까……."

내가 그렇게 말하자, 메구밍은 다크니스를 쳐다보면서 약
간 질린 표정으로 말했다.

……가는 동안 힘들 거라고?

4

―다음날 아침.

"아침이 됐어! 언제까지 자고 있을 거야?! 다들 준비는 됐
지?! 일어나! 빨리 일어나라구!"

이른 아침부터 아쿠아의 목소리가 저택 안에 울려 퍼졌다.

아쿠아는 온천 여행이 너무 고대된 나머지, 꼭두새벽에

일어난 것 같았다.

　참고로 나는—.

　"물론 이미 준비를 마쳤지! 정말, 평소에 우리를 폐인이라 부르던 두 녀석은 대체 언제까지 퍼질러 잘 생각인 거야?!"

　"동감이야! 내가 그 두 사람을 깨울게! 카즈마는 승합마차 대기소에 가서 가장 좋은 자리를 확보해둬."

　"좋아. 나한테 맡겨. 하지만 그 전에 들를 곳이 있어."

　들를 곳? 하고 고개를 갸웃거리는 아쿠아에게 두 사람을 깨우는 걸 맡긴 후—.

　나는 여행용 짐을 들고 저택을 나섰다.

　—물과 온천의 도시, 아르칸레티아.

　그곳은 액셀 마을에서 마차로 하루 반 정도 가면 도착할 수 있다고 한다.

　아침 일찍 마차로 출발하면 노숙을 하루만 하고 목적지에 도착할 수 있다.

　아르칸레티아에서 며칠이나 묵을지 모르니, 나는 한동안 자리를 비울 거라는 걸 그 녀석에게 전해둬야겠다고 생각했다.

　나는 아침 일찍부터 영업 중인 조그마한 마도구점의 문을 열었다.

　"어서 오십시오! ……음? 언데드족처럼 밤낮이 뒤바뀐 생활을 하고 있는 꼬마여. 이렇게 이른 아침에 무슨 일이지?

점주라면 이 몸이 쏜 처벌 광선을 맞아서 타버린 채 안쪽에 쓰러져 있다. 그녀에게 볼일이 있다면 들어가 보도록."

가게 안에서는 바닐이 뭔가를 열심히 포장하고 있었다.

그리고 가게 안쪽을 보니 위즈가 그을음 범벅이 된 채 쓰러져 있었다.

"……위즈는 네 고용주지? 고용주한테 이런 짓을 해도 되는 거냐?"

"멍청한 놈. 저 얼간이 점주가 마음대로 가게를 운영하게 놔두면, 이 몸이 천 년 동안 일해도 이 가게는 계속 적자 상태일 거다. 내가 잠시 눈을 뗀 사이에 당치도 않은 물건을 들여와서 이 몸이 올린 이득을 다 날려버린단 말이다."

무슨 일이 있었던 것인지 엄청 신경 쓰였지만, 오늘 내가 볼일이 있는 이는 위즈가 아니라 이 녀석이다.

"오늘은 너한테 볼일이 있어서 온 거야. 온천 여행을 가게 됐거든. 그러니 예의 거래 말인데, 내가 돌아올 때까지 기다려줬으면 해."

"뭐냐. 그런 거냐. 아직 상품의 생산 라인이 완성되지 않았으니 느긋하게 쉬든 혼욕을 기대하든 하고 와라."

"호호호호, 혼욕 같은 건 기대한 적 없거든?! 얼마 전에 다쳤던 목이 아파서, 탕치를 하러 가는 것뿐이라고! ……그것보다, 상자에 넣고 있는 건 뭐야? 그리고 위즈는 왜 저 꼴이 된 건데?"

내가 묻자, 바닐은 상자에 넣던 것을 나에게 보여주면서 말했다.

　"이것은 저기 있는 그을음 범벅 점주가 울음 섞인 목소리로 『이건 정말 멋진 물건이에요! 팔릴 거예요! 분명 날개 돋친 듯 팔릴 거라고요! 그러니까 바닐 씨, 살인 광선을 쏠 준비를 하면서 살금살금 다가오지 마세요!』라고 말하면서 나에게 보여준 물건이다. 반품할 생각으로 다시 포장하고 있었는데…… 사겠느냐?"

　"……응? 이게 뭐야? 마도구?"

　"여행지에서 모험가를 괴롭히는 야외 화장실 문제를 해결해주는 물건이라고 한다. 마법으로 압축되어 있는 간이 화장실인데, 상자를 열면 바로 완성되지. 볼일을 볼 때 소리가 나서 프라이버시를 지켜주는 수세식이다."

　"우와. 엄청 편리하네."

　야외에서 노숙을 하는 모험가에게 있어서 화장실 문제는 매우 중요했다.

　"결점은 소음용 소리가 너무 커서 몬스터를 불러들인다는 점과, 물을 생성하는 장치가 너무 강력해서 물에 의한 대참사가 주위에 발생하는 점이지."

　"여, 역시 필요 없어. 이거 외에 추천할 만한 마도구는 없어?"

　내가 묻자, 바닐은 선반에서 포션 병을 가지고 왔다.

"추천이라. 우리의 만연 적자 점주가 무슨 생각으로 들인 건지는 모르겠지만, 열면 폭발하는 포션은 어떠냐? 개당 3만 에리스인 이걸 들고 은행에 가서 은행원 앞에서 뚜껑을 열려고 하면 거금을 손에 넣을 수 있을 거다. 사지 않겠느냐?"

"필요 없어! 이 가게에는 제대로 된 마도구가 없는 거냐……."

바닐은 내 말을 듣고 땅이 꺼져라 한숨을 내쉬었다.

"이 가게의 얼간이 점주는 쓸모없는 걸 들여놓는 데 있어서 엄청난 재능을 지녔지. 이 몸이 잠시 눈을 뗀 사이에 또 멋대로 쓸모없는 물건을 들여놓―."

바닐은 거기까지 말한 후, 갑자기 말을 멈췄다.

"……그러고 보니 꼬마, 네놈은 방금 온천 여행을 간다고 했지?"

"……응? 그래. 그게 왜?"

바닐은 나를 향해 가면을 쑥 내밀면서 말했다.

"이 얼간이 점주도 데리고 가지 않겠느냐? 네놈이 개발한 상품을 양산하기 위해서는 상당한 자금이 필요하지. 하지만 이 녀석이 가게에 있으면 또 말도 안 되는 물건을 멋대로 들여서 적자를 낼 거다. 이 점주는 리치로서의 힘 하나는 강하지. 언뜻 보기에는 만능으로 보이는 나의 내다보는 힘도 이 몸과 대등한 실력을 지닌 상대의 미래는 볼 수 없다."

"……그럼 나보고 한 동안 위즈를 돌보라는 소리야? 아니 나는 괜찮지만 말이야. 언데드를 끔찍이 싫어하는 아쿠아가 어떤 반응을 보일지……."

"……보기보다 글래머인 점주는 사실 목욕을 엄청 좋아하지. 내다보는 악마로서 선언하마. 그대는 이번 여행 중에 혼욕 온천에 들어갈 기회가—"

"나만 믿어. 내가 책임지고 데리고 가겠어!"

—마차 대기소에 가보니, 아쿠아 일행이 이미 와있었다.

"먼저 가서 자리 좀 잡아달라고 했는데…… 어, 뭘 짊어지고 있는 거야?"

나는 그을음 범벅인 상태로 눈을 까집은 채 기절한 위즈를 업은 채, 바닐과 나눴던 대화를 설명했다.

"흐음. 뭐, 좋아. 그런데 이 애, 왠지 흐릿해진 것 같지 않아?"

아쿠아가 뜻밖에도 위즈의 동행을 쾌히 승낙한 가운데, 의식을 잃은 위즈는 점점 흐릿해지고 있었다.

"어어, 어이, 이거 괜찮은 거야?! 회복마법……은 언데드에게 쓰면 역효과였지!"

"진정하세요, 카즈마. 이럴 때는 드레인 터치예요. 드레인 터치로 생명력을 나눠주면 돼요!"

"마을 밖으로 여행을 가는 건가……. 어릴 적, 이 나라 공주님의 탄생제 때, 아버님과 함께 왕도에 간 이후로 처음이 구나……. ……음? 카즈마, 왜 내 손으으으을?!"

나는 감회에 젖어있는 다크니스의 손을 잡고 드레인 터치를 사용했다.

다크니스에게서 빼앗은 생명력을 업고 있는 위즈에게 보내주자, 흐릿해지던 위즈가 다시 원래대로 되돌아오더니 눈을 떴다.

"어머……? 카즈마 씨잖아요. 여기는 어디죠……?"

눈을 뜬 위즈가 주위를 두리번거리는 가운데, 다크니스는 내 목을 졸라댔다.

"너너너, 너란 녀석은! 모처럼 옛 기억에 잠겨 있었는데, 왜 이렇게 기습만 해대는 것이냐……!"

"으으윽, 긴급사태여서 어쩔 수 없었어! 그리고 우리 중에서 생명력이 가장 넘치는 건 너니까 어쩔 수 없잖아!"

"손님 여러분~! 타지 않으시면 두고 가겠습니다~!"

5

모험가인 우리는 호위로서 고용될 수도 있었다. 하지만 만일의 사태가 벌어져도 싸우고 싶지는 않았기에 요금을 내고 평범한 승객으로서 탔다.

싸우고 싶지 않다.

그렇다. 이 마을 주위에 있는 졸개 몬스터를 상대하다가도 죽는 우리가, 사람들이 잔뜩 탄 마차를 덮치는 위험한 몬스터를 상대로 싸울 수 있을 리가 없었다.

다행히 일전에 바닐을 쓰러뜨린 보수로 한 사람 당 1천만 에리스 정도를 받았다.

모처럼 하는 여행이니 때로는 사치를 부리는 것도 나쁘지 않을 것이다.

"저기, 카즈마! 저 마차에 타자! 내 안목으로 볼 때 저게 가장 탑승감이 좋을 것 같아. 아, 그리고 나는 창가에 앉을 거야. 경치가 잘 보이는 자리를 예약할게. 자, 카즈마. 표 사와. 다른 손님에게 저 마차의 자리를 빼앗기지 않으려면 빨리 표를 사오라구."

아쿠아는 그런 건방진 소리를 하면서 가장 요금이 비싸보이는 마차를 반짝거리는 눈으로 쳐다보고 있었다.

조그마한 그 마차는 상단 소속인지 마부석과 일체형인 승객석 뒤편이 짐칸 부분과 연결되어 있었다.

그리고 그 짐칸 부분에는 이미 짐이 잔뜩 실려 있었다.

마부석 뒤편에 있는 나무로 된 승객석.

5인용 좌석인 그곳에는—

"저기, 아저씨. 왜 한 자리가 차 있는 거야? 이거 뭐야?

방해된다고."

5인용 좌석 중 하나가 이미 채워져 있었다.

거기에는 조그마한 우리에 들어있는 도마뱀 한 마리가 있었다.

빨간 눈동자를 지녔으며, 고양이 정도 크기인 그 도마뱀은 흉포해 보이는 눈빛을 뿜고 있었다.

으음, 이 녀석은 설마⋯⋯.

"손님, 그건 새끼 레드 드래곤이에요. 주인은 저쪽 마차에 탔는데, 이 드래곤의 요금을 냈거든요. 그러니 손님 중 한 분은 탑승감은 좋지 않지만, 뒤편에 있는 짐칸에 타주셔야겠는데⋯⋯."

나는 마부 아저씨의 말을 듣고 납득했다.

실은 한 명 몫만 마차의 운임이 쌌다.

우리 중 한 명만 다른 마차에 타는 것도 좀 그러니, 이대로 이 마차에 타기로 하자.

"⋯⋯그럼 누가 짐칸에 갈지를—."

"가위 바위 보로 정하자! 나는 이럴 때는 가위 바위 보로 정하는 게 좋다고 생각해!"

내가 말을 끝까지 잇기도 전에 아쿠아가 끼어들었다.

가만히 있다간 자신이 손해 보는 역할을 하게 될 거라는 것을 학습한 것 같았다.

아쿠아는 이대로 가만히 있으면 자신이 짐칸으로 가게 될 거라는 사실을 눈치챈 것이리라.

"저, 저기……. 그럼, 갑작스럽게 참가하게 된 제기 짐칸에……."

위즈는 머뭇거리면서 손을 들더니 그렇게 말했다. 참고로 바닐이 나에게 부탁하여 위즈를 온천에 데리고 가게 되었다는 사실은 이미 밝혔다.

하지만 나는 바닐에게서 위즈 몫의 여비를 받았다.

그러니 위즈가 불공평한 일을 겪게 할 수는 없었다.

"아냐, 위즈. 그냥 공평하게 하자. 아쿠아. 네가 말한 것처럼 가위 바위 보로 정하자."

"뭐?"

내가 순순히 그 제안을 받아들인 게 뜻밖이었는지, 아쿠아는 깜짝 놀란 표정을 지었다.

……가위 바위 보라. 좋아. 해보자고.

이쪽 세계에도 가위 바위 보가 있는 것 같았다.

어쩌면 나보다 먼저 이쪽 세계에 온 일본인이 퍼트린 걸지도 모른다.

다크니스와 메구밍도 불만은 없는지 순순히 가위 바위 보에 응했다.

아쿠아는 기합을 넣듯 주먹을 힘차게 쥔 후……!

"그럼 간다! 가위~바위~, 보!"

나는 가위를 냈고, 다른 사람들은 보였다. 나 혼자만 이긴 것이다.

내가 마차에 타려고 하자, 아쿠아가 막으면서 말했다.

"이긴 사람이 빠진다고는 말한 적 없거든? 다섯 명이 가위 바위 보를 해서, 딱 한 명이 질 때까지 계속하는 룰이야."

"헛소리 하지 마."

가위 바위 보를 하자는 소리를 했을 때부터 뭔가 꿍꿍이가 있을 거라고는 생각했지만…….

……좋아.

"어이, 아쿠아. 그럼 나와 승부할래? 나와 1대1로 가위 바위 보를 세 번 해서 그 중에 한 번이라도 네가 이기면 내가 짐칸에 탈게."

"정말이에요? ……카즈마 씨는 역시 바보 아냐? 저기, 확률 계산이라는 걸 알아? 카즈마가 세 번 연속으로 이기는 건 불가능이나 다름없다구."

나는 그런 소리를 하는 아쿠아와 마주선 다음, 다른 세 사람에게 먼저 앉으라고 권했다.

"나, 가위 바위 보로는 진 적이 없거든."

세 판 승부. 가위~바위~보!

"—이상해! 이상하다구! 사기쳤지?! 부탁이야! 한 번만! 이번에도 지면 순순히 짐칸에 앉을게!"

세 번 연속으로 진 아쿠아는 울먹거리면서 그런 소리를 해댔다.

정말 끈질긴 녀석이군.

"진짜지? 이번에 지고도 또 헛소리를 해대면, 밧줄로 묶어서 질질 끌고 갈 거야."

내가 그렇게 말하자, 아쿠아는 자신감이 넘치는지 흐흥 하고 코웃음을 쳤다.

"좋아. 좋다구, 카즈마! 네가 어떤 식으로 사기를 친 건지는 모르겠지만, 네가 그렇게 나온다면 나한테도 생각이 있어! 『블레싱』~!"

"앗! 치사하잖아!"

아쿠아가 자기 자신에게 지원마법을 걸었다.

이 《블레싱》이라는 것은 신의 축복을 내리는 마법이다.

개인별로 차이가 있기는 하지만, 일정시간 동안 행운이 좋아지는 효과가 있다.

"운도 실력이라고 흔히 말하잖아? 그럼 마법 실력도 운이겠네! 자, 간다! 가위~ 바위~, 보!"

내가 이겼다.

"또 졌어~?!"

나는 떠들어대는 아쿠아에게 빨리 짐칸에 타라는 듯이 손짓을 했다.

"나, 실은 어릴 적부터 가위 바위 보를 해서 진 적이 없어.”

　그런 점에서 볼 때, 내가 운이 좋은 건 사실인 것 같았다.

　“비겁해! 약았잖아! 그건 치트야! 치트 능력이라구! 너, 특수능력을 가지고 태어났던 거야?! 그럼 나라는 끝내주는 혜택을 받은 것도 무효야, 무효! 돌려보내줘! 나를 천계로 돌려보내달란 말이야! 이 망할 치트 인간아!”

　이 여자!

　“이 망할 걸레가! 내 특수능력은 『가위 바위 보에서 이기는 능력』이냐? 너 바보지? 그런 걸로 어떻게 몬스터와 싸우냐! 마왕을 상대로 『가위 바위 보로 내가 이기면 더는 인간들을 괴롭히지 말아주세요』라고 말하라는 거냐? 이 바보야!”

　“그렇지만! 그렇지만!!”

　아쿠아가 여전히 물고 늘어지자, 나는 결국 그녀의 볼을 움켜잡았다.

　“내가 가장 화나는 건 말이야! 네가 자기를 끝내주는 혜택이라고 주장하는 점이라고! 헛소리 하지 마! 뭐가 혜택이야! 너를 반품하고 특수능력을 받을 수 있다면 옛날 옛적에 반품했을 거야!”

　“우에에에에에에엥~! 카즈마가 해선 안 되는 말을 했어! 끄마애! 보을 짜바땅끼지 마!!”

흔들리는 마차 안에서 얼마나 시간을 보냈을까.

내가 사는 마을이 어느새 보이지 않게 되었고, 창밖에는 눈에 익지 않은 광경이 펼쳐져 있었다.

마을에서 멀리 나온 적이 거의 없는 나는, 마차에 달린 창문 밖의 풍경을 응시하고 있었다.

나는 모험가라는 직업을 가지고 있지만, 이쪽 세계에 와서 제대로 여행을 한 적도, 이렇게 느긋하게 경치를 구경한 것도 처음이었다.

내 옆에 앉은 다크니스는 갑옷 차림으로 좌석 위에서 무릎을 세우더니, 신기한 거라도 보는 어린아이마냥 창가에 찰싹 달라붙었다. 그리고 흘러가는 바깥 풍경을 눈을 반짝이며 응시했다.

귀족 가문의 숙녀는 나와 마찬가지로 마을 밖의 풍경이 신기한 것 같았다.

메구밍은 마을 밖 세상을 많이 봤는지, 창밖보다는 우리에 든 드래곤을 매우 흥미로운 눈길로 쳐다보고 있었다.

촘스케가 더 귀엽네요, 라고 작은 목소리로 말하면서도 드래곤에게 먹이를 주고 싶은지 호주머니 안을 뒤졌다.

그리고 위즈는 자신을 따르는 촘스케를 무릎 위에 놓더니 머리를 쓰다듬어주면서 미소를 지었다.

―그런 평화로운 여행을 하고 있는 가운데…….

"카즈마 씨~, 카즈마 씨~! 엉덩이가 엄청 아파요. 무지무지 아프다고요. 슬슬 누가 자리 좀 바꿔주면 고맙겠는데요!"

흔들리는 짐칸에 있는 아쿠아가 그런 소리를 했다.

……어쩔 수 없지.

"휴식 시간이 되면 바꿔줄 테니까 그때까지 참아."

그 말을 들은 아쿠아는 기뻐 죽겠는지 짐칸에서 무릎을 꼭 끌어안은 채 콧노래를 불러댔다.

"역시 제가 자리를 바꿀까요? 그런데 바닐 씨는 왜 갑자기 저를 여행 보내려고 한 걸까요? 후후……. 요즘 바닐 씨는 저를 잘 챙겨준답니다. 『위즈. 그대는 카운터에서 그저 방긋 방긋 웃고만 있으면 된다. 제발 부탁이니 일하지 마라』라고 말해주시기까지…….'"

위즈는 방긋 웃으면서 그렇게 말했다.

바닐이 위즈를 데려가라고 말한 진짜 이유는 본인에게 말해주지 않았다.

말해줄 수가 없었다.

"음~? 그 괴짜 가면, 악마 주제에 남을 배려할 줄도 아는 거야? 혹시 뭔가 꿍꿍이가 있는 거 아냐?"

"아쿠아 님, 바닐 씨에게도 아주 조금이지만 좋은 구석이 있답니다. 얼마 전에는 가게 근처의 쓰레기장에 모여든 까마

귀를 콩으로 쫓아내서, 근처 아주머니들에게 까마귀 슬레이
어 바닐 씨라고 불리게 됐죠."

그 악마, 이웃사촌들과 평범하게 잘 지내고 있는 것 같네.

우리가 탄 마차 외에도, 상단에 소속된 여러 대의 마차가
줄지어서 길을 가고 있었다.

그런 마차에는 이 집단의 호위를 맡은 모험가나 여행자,
그리고 각종 짐이 실려 있었다.

사람과 마차가 많으면, 약한 몬스터들이 다가오지 않는다.

이 정도 규모의 상단이라면 안심해도 될 것이다.

······이 구제불능인 세계가 어떤 곳인지 잘 알면서도─.

나는 느긋하게 그런 생각을 했다.

─그것을 가장 먼저 눈치챈 이는 나였다.

천리안 스킬로 창밖에 펼쳐진 이세계의 풍경을 쳐다보던
나는 먼 곳에서 피어오르고 있는 흙먼지가 신경 쓰였다.

흙먼지는 상단이 이동하고 있는 길 옆쪽에서 이쪽을 향해
다가오고 있었다.

아직 꽤 거리가 있는데도 점점 커져가고 있는 흙먼지를 본
나는, 그것이 상당한 속도로 다가오고 있다는 사실을 눈치
챘다.

"······어이, 저건 뭐야?"

나는 옆자리에 앉아서 반대쪽 창문을 쳐다보고 있는 다크니스에게 물었다.

천리안 스킬이 없는 다크니스는 내가 손가락으로 가리킨 방향의 흙먼지조차 발견하지 못했는지 미간을 찌푸렸다.

왠지 불길한 예감이 든 나는 마부 아저씨에게 말을 걸었다.

"저기, 이쪽을 향해 흙먼지가 다가오고 있는데요. 그것도 상당한 속도로요. ……뭔지 알겠어요?"

마부석에서 느긋하게 고삐를 당기고 있던 아저씨가 내 말을 듣더니—

"흙먼지? 이 부근에서 흙먼지가 날릴 만한 속도로 이동하는 생물이라면, 리자드 러너 무리이려나요. 하지만 얼마 전에 무리를 이끄는 공주님 러너가 죽었다는 이야기를 들었어요. 그러니 모래고래가 모래를 뿜는 게 아닐까요? 그 외에는 『달려라 매솔개』 정도겠죠."

……그 어이없는 이름의 몬스터는 뭐야?

"어이쿠, 손님. 그런 눈으로 쳐다보지 마세요. 제가 붙인 이름이 아니라고요. 그 녀석은 매와 솔개의 이종족 교배 끝에 태어난 조류계의 제왕입니다. 새 주제에 날지 못하는 몬스터인데, 그 대신 엄청난 각력을 지녔죠. 고속으로 뛰면서 사냥감을 발견하면 그대로 점프해서 덮치는 매우 위험한 몬스터예요."

그런 어이없는 이름의 몬스터에게 공격받고 싶지 않아.

내 표정을 보고 어떤 생각을 하고 있는지 눈치챈 아저씨는 가볍게 웃으면서 말했다.

"손님, 걱정하지 마세요. 봄은 리자드 러너들과 마찬가지로 그 녀석들이 번식하는 계절이에요. 번식기가 되면 그 새들 중 수컷은 암컷의 관심을 끌기 위해 치킨 레이스라고 불리는 구애 행동을 한답니다. 정통으로 부딪히면 대참사가 벌어질 정도의 단단한 사냥감을 향해 뛰어가서 아슬아슬하게 피하는 독특한 구애행동이죠. 그 중에는 속도를 너무 낸 탓에 미처 피하지 못하고 격돌해서 목숨을 잃는 녀석도 있다고 합니다. 그 녀석들은 본능적으로 단단한 것을 찾아낸다더군요. 분명 이 부근에 있는 나무와 바위를 향해 돌진하려는 거겠죠."

그렇구나. 그럼 안심해도 되겠네.

그 말을 듣고 납득한 나는 다시 자리로 돌아갔다.

그리고 그 흙먼지를 쳐다보니—.

다가오고 있었다.

명백하게 아까보다 가까워졌다.

게다가 그 흙먼지는 곧장 이쪽을 향해 뛰어오고 있었다.

"저, 저기요~! 왠지 이쪽을 향해 엄청난 기세로 뛰어오고 있는 것 같은데요. 진짜로 괜찮은 거 맞나요?"

내 말을 들은 마부 아저씨는 고삐를 당겨서 말의 속도를 늦추더니, 그 흙먼지 쪽을 유심히 관찰한 후 말했다.

"……으음, 저건 『달려라 매솔개』군요. 예, 틀림없습니다. 하지만 이쪽을 향해 뛰어오는 건 이상하군요. 손님, 어쩌면 짐 안에 아다만타이트처럼 엄청난 강도를 자랑하는 광석이 있는 걸지도 모릅니다. 저 녀석들은 단단한 것을 쫓고 있으니까요. 다른 마차도 눈치챈 것 같군요. 안심하세—. …… 응? 왠지 이쪽으로 오고 있군요. 아니, 이 마차를 향해서요. 정확하게는……!"

틀림없이 이 마차의 승객석을 노리고 있다.

즉……!

"카즈마! 엄청 빠른 생물이 이쪽을 향해 뛰어오고 있다! 왠지……. 저 녀석들이 나를 응시하고 있는 느낌이 든다! 뜨, 뜨겁기 그지없는 시선이구나! 하아…… 하아……! 크, 큰일 났다, 카즈마! 진짜로 큰일 났단 말이다! 이대로 있다간, 나는 엄청난 속도로 뛰어오는 저 집단과 정통으로 부딪힌 후 그대로 유린당할지도 모른다……!!"

"너냐~?!"

나는 무심코 머리를 감싸 쥐었다.

"손님, 마차를 세우겠습니다! 그러면 다른 마차에 탄 호위 모험가들이 이 마차와 손님들을 지켜줄 겁니다!"

……우리 크루세이더가 너무 튼튼해서 죄송합니다.

나는 다크니스에게 귓속말을 했다.

"어이, 다크니스. 저 몬스터들은 너를 노리고 있어. 저 녀석들은 단단한 것에 돌격하는 걸 좋아한대. 저 녀석들의 표적은 너의 그 단단한 근육이야.”

“어이, 카즈마. 이래봬도 나는 엄연한 여자다. 여자한테 단단한 근육 같은 소리를 하지 마라. 맞다. 내 갑옷은 아다만타이트가 조금 들어간 특제품이다. 거기에 내 방어 스킬도 더해지면……. 아마 그래서 이쪽으로 몰려오고 있는 거겠지. ……지, 진짜다. 그런 눈으로 나를 쳐다보지 마라. 내 몸은 그렇게 단단하지 않다……!”

마차가 멈추자, 나와 다크니스는 마차에서 뛰어내렸다.

“메구밍, 아쿠아, 너희 차례야! 사실 우리가 싸우지 않아도 되지만, 이번 적은 우리가 불러들인 거나 마찬가지인 것 같아. 우리 뒤치다꺼리는 우리가 직접 하자고!”

내 말을 들은 메구밍과 아쿠아는 우리의 뒤를 이어 마차에서 내렸다.

“저도 돕겠어요!”

위즈는 그렇게 말하면서 마차에서 내리려 했다.

“나는 바닐에게서 위즈를 부탁받았어! 위즈가 강한 건 알지만, 이번에는 마차 안에 있어! 그리고 마부 아저씨를 지켜줘!”

그러자 위즈는 고개를 끄덕였고, 자초지종을 모르는 마부 아저씨는 고함을 질렀다.

“손님! 손님은 호위를 맡은 모험가가 아니잖아요! 돈 내고 마차를 탄 손님이니 안전한 곳에 숨으세요!"

죄송합니다! 이 사태를 초래한 건 아마 제 동료일 거예요!

내가 마음속으로 한 사과는 당연히 전해지지 않았다.

"모험가 여러분! 잘 부탁합니다!"

누군가의 목소리가 들리더니, 상단 호위를 맡은 모험가들이 무기를 들고 마차에서 속속 나왔다.

다크니스는 상단을 향해 돌격하고 있는 달려라 매솔개 무리를 향해 곧장 걸어갔다.

한심하지만 나는 그런 다크니스의 뒤에 숨어 있었다.

내가 앞에 섰다가 저런 속도로 뛰어오는 몬스터에게 공격을 받으면 바로 즉사할 게 분명했다.

나는 아쿠아에게 지원마법을 걸라고 시킨 후, 메구밍에게는 언제든지 폭렬마법을 날릴 수 있도록 준비하라고 지시했다.

매 같은 머리와 타조 같은 체형을 지닌 그 새는 말보다 빠르고, 소보다 컸다.

그런 녀석들이 속도를 죽이지 않은 채 우리를 향해 곧장 뛰어오고 있었다.

"어이, 거기 있는 크루세이더! 너는 호위가 아니니까 빠져 있어!"

한 남성 전사가 그렇게 말했다.

하지만 다크니스는 걸음을 멈추지 않았다.

"어이! 저 크루세이더를 향해 몬스터들이 돌진하고 있어……! 저건 《디코이》야! 크루세이더는 자신을 미끼로 삼는 《디코이》라는 스킬을 쓸 수 있지! 저 크루세이더, 호위도 아니면서 적들을 전부 자신 쪽으로 유인하고 있는 거야!"

한 남성 아처가 그렇게 말했다.

—죄송합니다. 그런 거 안 썼어요. 죄송합니다.

"저, 저 크루세이더는 저 많은 적들이 달려드는 데도 한 걸음도 물러서지 않을 생각이야! 머, 멋져……! 너무……, 너무 용감해……!"

한 여성 마법사가 그렇게 말했다.

—죄송합니다. 아마 다른 이유 때문에 저러는 거예요. 죄송합니다.

다크니스가 볼을 붉힌 채 몸을 배배 꼬면서 앞으로 나아가는 가운데, 도적으로 보이는 모험가가 로프를 쥐더니 과감하게 그녀의 뒤편으로 뛰어갔다!

"손님으로서 돈을 내고, 호위 보수도 받지 않는 모험가만 위험에 처하게 할 수는 없지! 엄호는 나한테 맡겨! 받아라, 『바인드』!"

"뭐?!"

그 말을 들은 다크니스는 즉시 반응했다.

나는 크리스에게서 이 스킬에 대해 들은 적이 있다.

도적의 스킬, 《바인드》.

다크니스와 크리스가 둘이서 모험을 하던 시절, 크리스가 이 스킬을 써서 몬스터의 움직임을 봉쇄한 후 다크니스가 결정타를 날리는 작전을 사용했던 것 같았다.

아아, 그래서구나.

스킬 명을 듣자마자, 움직임이 굼뜬 다크니스가 이런 움직임을 한 것은 말이야.

다크니스는 코앞까지 다가온 달려라 매솔개가 아니라…….

저 남성 도적이 바인드의 목표로 지정한 달려라 매솔개를 감싸듯이…….

남자와 달려라 매솔개 사이로 희희낙락하면서 몸을 날렸다.

순식간에 로프에 꽁꽁 묶인 다크니스는 그대로 애벌레 같은 꼴이 되더니, 지면을 굴러다니면서 몸을 꿈틀거렸다.

망연자실해 하는 도적을 향해, 다크니스는 볼을 붉힌 채 들뜬 목소리로 외쳤다.

"크윽?! 맙소사! 적이 눈앞에 있는 상황에서 묶이고 말았다! 이대로 있다간……! 이대로 있다간 저 몬스터 집단에게 유린당하고 말 거다!"

—죄송합니다. 우리 파티의 변태가 바보짓을 해서 정말 죄송합니다.

　몬스터들은 바닥을 굴러다니는 다크니스를 향해 흙먼지를 피우며 돌격했다.
　도적으로 보이는 남성은 그런 다크니스를 쳐다보면서 비통한 목소리로 외쳤다.
　"설마 바인드로 저 녀석들을 공격한 내가 몬스터 집단의 표적이 될까 싶어서, 바인드를 대신 맞은 거야?! 미안해! 엄호할 생각이었는데, 오히려 방해하고 말았어! 용서해줘어어엇!"

—죄송합니다! 동료 대신 사과하겠습니다! 정말, 정말, 죄송합니다!

7

—치킨 레이스.
　그것은 절벽이나 목숨이 위험해질 수도 있는 장애물을 향해 맹렬한 속도로 돌격해서, 죽기 직전에 멈추거나 피해서 배짱을 시험하는 스피드 게임이다.
　그리고 현재 이 위험한 게임의 장애물로—.

"카즈마! 카즈마! 왔다! 다음 녀석이 왔다! 이번에야말로, 이번에야말로 끝이다! 아아아아, 부딪힐 거다~!"

손발을 묶인 탓에 꼼짝도 할 수 없는 다크니스가 선택되었다.

지면에 쓰러진 다크니스와 머리를 숙이며 돌격한 달려라 매솔개가 그대로 격돌했다……! 라고 생각한 순간, 달려라 매솔개는 높이뛰기를 하듯 몸을 비틀어 배면(背面) 뛰기 자세를 취했다. 그리고 다크니스의 몸 바로 위편을 엄청난 속도로 통과했다.

아무 일도 없다는 듯이 달려간 그 몬스터는 우리와 다른 모험가들의 옆을 바람처럼 스쳐지나갔다.

그 후에도 다크니스를 향해 달려온 달려라 매솔개들은 정면뛰기와 가위뛰기, 그리고 벨리롤(belly roll)까지 선보이면서 부딪히기 직전에 차례차례 다크니스를 뛰어넘었다.

"카즈마! 이건 애태우기 플레인 것이냐?! 이 애간장이 타들어가는 듯한 느낌이 정말……! 맙소사, 발정난 수컷들이 차례차례 나를 거쳐 가고 있다……!"

"어이, 보는 눈이 있으니까 지금은 입 좀 다물고 있어!"

내 옆에 있는 아쿠아는 칭찬해달라는 듯이 가슴을 쫙 펴면서 잘난 척 하는 표정으로 나를 쳐다보았다.

"그래그래. 잘했어. 이게 끝나면 자리를 바꿔줄게."

그 말을 들은 아쿠아는 좋았어! 하고 외치며 주먹을 말아

쥐었다.

아쿠아는 표적이 된 다크니스에게 일시적으로 운이 좋아지는 지원마법 ≪블레싱≫을 걸었다.

몸을 꿈틀 거리고 있는 다크니스는 마법을 통해 일시적으로 운이 좋아졌으니 웬만해서는 몬스터와 부딪히지 않을 것이다.

이러는 사이, 호위를 맡은 모험가들이 움직이기 시작했다.

"마법이다! 움직임이 빠르니 마법을 써!"

누가 그렇게 말하자, 마법사들이 일제히 마법을 영창한 후……!

"『라이트닝』!"

"『블레이드 오브 윈드』!"

"『파이어볼』!"

몰려오는 몬스터들을 향해 차례차례 마법을 퍼부었다.

마법을 맞은 달려라 매솔개들은 스피드를 유지한 채 그대로 의식을 잃더니, 차례차례 마차나 모험가들과 격돌했다.

속도를 잔뜩 내고 있는 탓에, 해치운 후에도 멈추지 못하고 질주를 계속 하는 것이다.

엄청난 속도의 달려라 매솔개들과 격돌한 모험가와 마차는 엄청난 대미지를 입었다.

살아남은 달려라 매솔개 무리는 한 번씩 다크니스를 뛰어넘은 후, 속도를 줄이지 않은 채 그대로 크게 선회했다.

그 모습을 본 상단 사람들과 모험가들이 술렁거렸다.

또 몰려올 생각인 건가!

내 시선은 몬스터의 표적이 된 채 여전히 꿈틀거리고 있는 다크니스를 향했다.

……그 모습을 본 순간, 나는 좋은 생각이 났다.

"아저씨, 이 근처에 낭떠러지 같은 건 없어?!"

나는 망연자실하게 상황을 지켜보고 있는 마부 아저씨를 잡고 물어봤다.

다크니스를 미끼삼아 몬스터들을 유도해 그 녀석들을 자폭시키는 것이다.

낭떠러지 앞에 떨어지지 않도록 로프로 묶은 다크니스를 놔두자.

그러면 다크니스를 뛰어넘은 달려라 매솔개들이 그대로 낭떠러지 아래로 차례차례……!

"이, 이 근처에 낭떠러지 같은 건 없어요……. 이 주변엔 느닷없이 큰 비라도 쏟아졌을 때 이용하는 동굴 말고는 아무것도 없다고요."

나는 아저씨의 대답을 듣고, 내 생각대로 될 리가 없다고—.

……동굴.

"아저씨. 그 동굴은 근처에 있어?! 근처라면 마차로 거기에 데려가줘! 메구밍, 아쿠아, 마차에 타!"

나는 주위에 있는 사람들에게 지시를 내린 후, 다크니스를 향해 내달렸다.

그리고 다크니스를 묶은 로프를 풀어서—.

"윽?! 이게 뭐야?! 매듭이 없잖아! 대체 어떻게 한 거야?!"

로프를 풀고 싶지만, 매듭이……!

나는 다크니스에게 바인드를 건 남자를 쳐다보았다.

"미, 미안해! 구속 스킬은 한 번 발동되면 시간이 다 될때까지 풀리지 않아! 단검 같은 걸로 로프를 하나씩 끊는수밖에 없어……!"

맙소사.

선회하고 있던 달려라 매솔개 무리를 향해 고개를 돌려보니, 선두에 선 한 마리가 우리 쪽을 쳐다보고 있었다.

시간이 없어!

"카즈마! 뭘 어쩌려는 건지는 모르겠지만, 나를 그냥 이대로 끌고 가라! 이 튼튼한 로프를 하나씩 끊는 것보다는 그편이 빠를 거다! 우물쭈물하지 마라! 촌각을 다투는 상황이란 말이다!"

"맞는 말이지만, 사태를 골치 아프게 만든 네가 그딴 소리하지 말라고!"

나는 무거운 다크니스를 질질 끌면서, 이미 달릴 준비를 끝낸 마차로 향했다.

"달려라 매솔개가 그쪽으로 향하고 있어~!"

누군가가 우리에게 경고를 해줬다.

그와 동시에 또 마법이 작렬하는 소리가 들려왔다.

나는 그 소리를 들으면서 마차에 타려고⋯⋯.

"어이, 어떻게 하지?! 네가 너무 무거워서, 나 혼자서는 마차에 실을 수가 없어!"

"마, 말조심해라! 내가 무거운 게 아니다! 내 갑옷이 무거운 거다! 이렇게 된 이상, 로프 같은 걸로 나를 마차에 묶은 후, 질질 끌면서 가라! 긴급한 상황이니 어쩔 수 없지! 나를 신경 쓸 필요 없다! 어쩔 수 없는 상황이니까 말이야!"

다크니스는 뭔가를 기대하는 눈빛으로 나를 쳐다보면서 그렇게 외쳤다.

"어이, 너! 로프가 필요하면 이걸 써! 여러모로 미안해!"

그렇게 말하면서 나를 향해 로프를 던진 사람은 다크니스를 묶은 남자 도적이었다.

아뇨. 우리 변태가 폐를 끼쳐 정말 죄송합니다.

나는 그 로프로 다크니스를 마차에 묶은 후―.

"손님, 이제 한계예요! 마차가 부서질 거라고요!"

긴박한 목소리로 그렇게 말하는 마부 아저씨를 향해 고함을 질렀다.

"이제 출발해! 다크니스, 너무 세게 졸리는 것 같으면 말해! 금방 풀어줄게!"

내 말도 들리지 않을 만큼 꽁꽁 묶인 상태에서, 몸을 배배 꼬며 볼을 붉힌 다크니스는 이제부터 자신이 무슨 짓을 당할지 기대하는 표정으로 말했다.

"아아……. 꽁꽁 묶인 채, 마차에 끌려가는 거구나……! 그리고, 그런 상태인 나를 쫓아오는 굶주린 수컷들……!"

이 녀석은 꽁꽁 묶은 채로 여기 방치해두면 더 행복해할지도 몰라.

마차는 그런 다크니스를 질질 끌면서 힘차게 달리기 시작했다.

"카, 카즈마! 다크니스가……! 카즈마가 악마 같은 사람이라는 건 알고 있었지만, 이건 너무 심하지 않아?!"

"너…… 너무해요……."

"오, 오해하지 마! 이건, 내 생각이 아니라, 다크니스가……!"

마차에 탄 나를 질린 듯한 표정의 두 사람이 비난하는 가운데, 마부 아저씨는 고함을 질렀다.

"손님, 이제 어떻게 하죠?! 저 녀석들이 이쪽으로 오고 있어요! 따라잡힐 거예요! 어디로 향하죠?!"

마부 아저씨는 우리를 확 버리고 싶겠지만, 이미 돈을 받았기 때문에 그러지도 못하는 것이리라.

"동굴! 아까 말한 동굴로 가줘!"

달려라 매솔개 무리는 미친 듯이 내달리는 우리 마차를 뒤쫓았다.

속도는 몬스터 쪽이 빨라 보였다. 큰일 났다! 이대로 가다 간 따라잡히고……!

"『보텀리스 스웜프』!"

마차 위에서 맑은 목소리가 들렸다.

그와 동시에 마차와 달려라 매솔개들 사이에 거대한 늪이 생겼다.

선두에 서서 달리던 몬스터는 그 늪에 빠져 그대로 가라 앉기 시작했다.

방금 그 목소리의 주인은 바로 위즈였다.

적에게 따라잡힐 것 같았기에 반사적으로 마법을 펼쳐 적 의 발을 묶은 것 같았다.

하지만 몬스터들은 늪을 우회하더니 계속 우리를 쫓아왔다.

달려라 매솔개 무리가 쭉쭉 거리를 좁히자, 그 녀석들의 표적인 다크니스는……!

"하아아앙, 끄, 끝내줘! 갑옷이 땅과 마구 부딪히고 있어! 아앗, 망토가 찢어져서, 귀족답지 않은 너덜너덜한 꼴 이……! 아, 안 돼! 카즈마, 보지 마라! 이렇게 너덜너덜해진 꼬락서니의 나를 보지 말란 말이다아아아앗!"

볼을 붉힌 다크니스는 보지 말라고 외치면서 즐거워하고 있었다.

아직 여유가 있는지 때때로 우리 쪽을 힐끔 쳐다보더니 우 리의 시선을 받고 더욱 황홀해하면서 볼을 붉혔다.

쟤는 사실 이런 녀석이라고…….

몸을 반쯤 빼앗긴 상태에서도 바닐과 함께 자신까지 날려 버리라고 외친, 늠름하면서도 멋진 내 동료는 어디로 간 것일까.

"『힐』! 『힐』!"

내 옆에 있는 아쿠아는 마차에 끌려 다니고 있는 다크니스에게 회복마법을 걸고 있었다.

"카즈마! 동굴이 보이기 시작했어요! 저는 언제든 마법을 쏠 수 있어요!"

"좋아, 내가 신호를 보내면 날려!"

미친 듯이 달리며 흔들리고 있는 마차 안.

나는 메구밍에게 지시를 내린 후, 활에 화살을 걸었다……!

"아저씨, 동굴이 보이면 그 옆에 마차를 세워! 아쿠아, 나에게도 근력을 증가시키는 지원마법을 걸어줘! ……큭, 저격, 저격, 저격~!"

나는 마차의 창문을 통해 몸을 밖으로 내민 채, 몰려오는 달려라 매솔개 무리를 향해 차례차례 화살을 날렸다.

대부분의 화살은 저격 스킬 덕분에 매처럼 생긴 머리에 정확하게 꽂혔다.

목숨을 잃는 동료들을 본 달려라 매솔개들은 달리면서 날개를 펼치더니 위협을 하듯 새된 목소리로 울부짖었다.

"삐~요로로로로로록~!"

오호라. 솔개 울음소리를 내네. 그래서 달려라 매솔개인 거구나.

솔개다운 요소는 어디 있는 거냐는 의문이 풀려 내 마음이 편해졌을 때, 마부 아저씨가 필사적인 목소리로 외쳤다.

"손님, 동굴 앞이에요! 저 동굴은 비라도 내리지 않는 한 사람들이 다가가지 않으니 안심하고 날려버리세요! ……급정차를 할 거니까 뭐라도 꽉 잡아요!"

그 말을 들은 우리 모두가 근처에 있는 물건을 움켜쥐자, 마차는 동굴 입구 옆에 급정차했다.

마차 바로 뒤편에는 달려라 매솔개 무리가 있었다.

우리는 멈췄지만, 그 녀석들은 멈출 기색을 보이지 않았다.

그뿐만 아니라 공격을 받고 열 받았는지 더욱 속도를 높이고 있었다.

아쿠아의 지원마법으로 근력이 강화된 나는 마차에서 뛰어내린 후, 다크니스와 마차를 연결한 로프를 잡아당겼다. 그리고 다크니스를 해머 던지기하듯 붕붕 돌린 후에 동굴 앞을 향해 던졌다.

"아아아앗?! 이, 이런 짓도 나쁘지 않구나! 역시 카즈마다! 질질 끌고 다닌 걸로 모자라 몬스터의 미끼로 쓰기 위해 내던져푸웁……?!"

내던져진 다크니스는 동굴 앞쪽에 얼굴부터 떨어지더니

그 후로는 조용해졌다.

그와 동시에……!

"삐~요로로로록~!"

새된 울음소리를 내면서 달려라 매솔개 무리가 다크니스를 향해 돌진했다.

지면에 닿을락 말락할 만큼 고개를 숙인 그 녀석들은 다크니스와 격돌하기 직전에 그녀의 몸을 종이 한 장 차이로 피했다.

정면뛰기, 배면뛰기, 벨리롤과 가위뛰기.

달려라 매솔개 무리는 바람처럼 차례차례 다크니스를 뛰어넘더니, 그대로 동굴 안으로 들어갔다.

눈 깜짝할 사이에 몬스터 무리가 동굴 안으로 사라졌고, 마지막 한 마리가 동굴 안으로 뛰어든 바로 그 순간─.

"메구밍! 날려버려!"

나는 다크니스와 연결된 로프를 잡아당겨서 그녀를 동굴 앞에서 피신시킨 후, 이미 주문 영창을 끝낸 메구밍에게 지시를 내렸다.

"『익스플로전』!!!!"

내 말을 들은 메구밍은 동굴 안을 향해 필살의 폭렬마법을 날렸다.

지팡이 끝에서 뿜어져 나온 한 줄기 섬광은 동굴 안으로 뛰어 들어간 몬스터 무리의 뒤를 쫓듯 어두운 동굴 안으로 빨려 들어갔고……!

작은 산 크기의 동굴은 굉음을 내면서 박살이 났죠.

8

해가 완전히 가라앉았을 즈음.

우리는 상단 사람들과 함께 캠프파이어라도 하듯 커다란 모닥불을 여러 개 만들었다.

그 모닥불을 원형으로 둘러싸듯, 상단의 마차가 바리케이드처럼 세워져 있었다.

마차를 이렇게 해두면 야영을 할 때 바람막이가 될 뿐만 아니라, 몬스터에게 공격을 받았을 때도 방어벽 대용이 된다고 한다.

그 대신 마차를 급히 출발시킬 수는 없지만, 어차피 이 어둠 속에서 말을 모는 것은 불가능에 가깝다.

그렇게 생각해보면 매우 합리적인 진형이었다.

"자, 많이 드세요! 맛좋은 부분이 구워졌으니 드시죠!"

그렇게 말하면서 우리에게 매우 잘 구워진 뭔가의 살점을 내민 이는 이 상단의 리더인 아저씨였다.

한낮에 달려라 매솔개와의 전투에서 활약한 우리는 엄청 환대를 받았다.

우리 파티의 크루세이더 때문에 그 녀석들이 몰려왔다는

소리를 이제 와서 할 수는 없었다.

양심이 찔린 우리는 황송해하면서 그 환대를 받고 있었는데—.

"정말 멋졌습니다! 설마 폭렬마법을 쓸 수 있으신 대마법사님이 계실 줄이야……! 게다가 심각한 부상자를 간단히 치료할 수 있는 아크 프리스트 님에, 달려라 매솔개 무리를 상대로 한 걸음도 물러서지 않으며 모든 적을 자신에게 유인한 크루세이더 님……! 저쪽에 계신 분은 상급 마법인 늪마법으로 적들의 발을 묶으시더군요! 그리고 멋진 판단으로 적들을 동굴로 유인한 후, 일망타진한 당신의 그 지략! 이야, 정말 끝내줬어요!"

제발 그만하세요.

진짜로 그런 게 아니에요. 이 일 자체가 우리 때문에 벌어진 거라고요.

"아뇨. 운이 좋았던 것 뿐이에요. 저기…… 몇 번이나 말했지만, 호위 보수는 진짜로 사양할게요……."

"무슨 소리를 하는 겁니까! 당신들이 달려라 매솔개들을 거의 다 해치웠잖습니까!"

참고로 이 아저씨는 우리에게 호위 보수를 지불하겠답니다.

"아뇨아뇨! 진짜로! 진짜로 괜찮아요! 그런 상황에서 싸움에 참가하는 것은 모험가에게 있어서 당연한 일이니까요! 진짜로 괜찮습니다! 괜찮다고요!!"

나는 필사적으로 그 보수를 사양했다.

이건 그야말로 부당거래나 다름없다. 나는 이 상황에서 보수를 받을 만큼 낯짝이 두껍지 않았다.

하지만 이 리더는 내 말을 듣고 감동했는지 몸을 부르르 떨더니—.

"……정말 존경스럽군요! 감동했습니다! 이 혹독한 세상에 아직 당신들 같은 진정한 모험가가 있을 줄을 꿈에도 몰랐어요!"

……이런 소리를 했다.

말실수라도 하면 큰일 날 테니, 이제 이 사람과는 가능한 한 이야기를 하지 않는 편이 좋을 것 같았다.

다른 모닥불로 간 아쿠아는 연회용 장기자랑을 보여주고 갈채와 함께 술을 받고 있었다.

어째선지 위즈도 아쿠아에게 끌려 다니고 있었다.

미끼삼아 동굴 앞에 내던져졌던 다크니스는 동굴 내부에서 터져 나온 폭풍에 휘말리면서 갑옷에 상처가 잔뜩 났다.

그래도 그녀는 생채기 정도밖에 입지 않았으며, 그 상처들도 아쿠아가 다 치료해줬다.

지금은 내 옆에서 자신의 갑옷이 수리되는 모습을 지그시 쳐다보고 있었다.

참고로 그녀의 갑옷은 내가 수리하고 있었다.

상품 개발을 위해 습득한 대장장이 스킬이 이런 식으로 도움이 될 줄이야.

갑옷을 수리하는 내 손을 다크니스뿐만 아니라 메구밍도 지그시 쳐다보고 있었다.

두 사람 다 이런 수수한 작업이 뭐가 재미있다고 쳐다보는 건지…….

우선 갑옷 뒷면에 있는 충격흡수용 소재를 떼어낸 후, 구겨진 부분을 두들겨서 폈다. 그리고 사포로 표면을 문질러 흔적을 없앴다.

그 후, 다시 충격흡수용 소재를 꿰매면…….

"너희가 쳐다보니 작업하기가 엄청 힘들거든요?"

내가 그렇게 말하자, 메구밍이 입을 열었다.

"아, 솜씨 좋게 수리하는 것 같아서 계속 쳐다봤네요. 대장장이로도 충분히 먹고 살 수 있을 것 같은데요?"

"……음, 내 갑옷이 내 눈앞에서 원상 복구되는 모습을 보니 가슴이 뛰는 구나."

메구밍의 뒤를 이어 다크니스도 눈을 반짝이면서 그런 말을 했다.

─마차 숫자는 열 대가 넘으며, 상단의 인원 또한 그에 걸맞게 상당했다.

수십 명이 넘는 사람들이 이렇게 별하늘 아래에서 모닥불을 쬐며 야영을 하는 모습은 그야말로 판타지, 이세계다운 광경이라고 할 수 있으리라.

그런 와중, 아쿠아가 있는 모닥불 쪽이 술렁거렸다.

무슨 일인가 싶어 쳐다보니, 아무래도 아쿠아가 비장의 장기를 선보인 것 같았다.

그래서 아쿠아는 찬사를 받고 있었다.

"아쿠아 님! 한 번만 더 아까 그걸 보여주세요!"

"돈이라면 얼마든지 낼게! 그러니까 한 번만 더 부탁해!"

상단 사람들이 입 모아 그렇게 말했다.

아쿠아 녀석은 저런 걸로 먹고 살면 될 텐데 말이야.

이 상단 사람들은 먼 곳에 있는 마을에서 장사를 하러온 사람들이라고 한다.

……그래서 납득이 되었다. 우리 파티의 악평을 모르는 게 말이다.

우리에 대해 잘 아는 액셀 마을 주민이라면 이런 소동이 일어나자마자 우리를 의심했을 것이다.

……슬슬 잠이 오기 시작했다.

우리는 호위가 아니기에 보초를 설 필요도 없다.

내가 슬슬 자겠다고 말하자—

"……예. 자는 건 좋지만, 언제든 일어날 수 있도록 해두세요."

메구밍이 갑자기 그런 소리를 하면서 히죽 웃었다.

—심야.

나는 어떤 소리를 듣고 깼다.

보초를 서는 사람들이 있었지만 그들은 방금 그 소리를 듣지 못한 것 같았다.

옆을 보니 내 동료들이 모닥불 앞에서 깊이 잠들어 있었다.

왠지 불길한 예감이 들었다.

아주 희미한 소리가 바리케이드 대용인 마차 너머에서 들렸다.

아무래도 다른 녀석들을 깨우는 편이 좋을 것 같았다.

"어이. 일어나, 메구밍. 위즈도 일어나 봐. 뭔가 좀 이상한 것 같아."

나는 메구밍의 어깨를 흔들었다.

하지만 메구밍은 침을 질질 흘리면서 기분 좋게 잠을 자고 있었다.

"……어이, 메구밍. 위즈. 일어나 보라고. 안 일어나면 부끄러워서 며칠 동안 내 얼굴을 쳐다보지 못하게 되는 짓을 할 거야. 너희가 일어나지 않아도 나는 전혀 상관없고 난처할 것도 없어. 너희를 깨우기 위해서라는 대의명분이 있으니 인정사정 안 봐줄 거라고. 일어나지 않는 걸 보면 해도 된다는 거지? 그런 거지?"

"괜찮을 리가 없지 않느냐. 대체 뭘 하려는 거지?"

"우와아아앗!"

느닷없이 등 뒤에서 목소리가 들려온 탓에 화들짝 놀란 나는 그 자리에서 껑충 뛰었다.

가, 간 떨어질 뻔 했네!

"어이, 다크니스. 깜짝 놀랐다고. 일어났으면 일어났다고 말해. 자칫하면 네가 보는 앞에서 엄청난 짓을 할 뻔 했잖아."

"……대체 무슨 짓을 할 생각이었던 거냐. 아니, 그것보다……."

메구밍과 마찬가지로 내 옆에서 잠을 자던 다크니스는 목소리를 낮추더니, 주위를 경계했다.

낮의 돌팔이 크루세이더 모습과는 달리, 주위를 경계하고 있는 지금의 다크니스는 어엿한 모험가였다.

…………오오?

뭔가 감지되었다. 적 탐지 스킬이 반응을 보인 것이다.

참고로 지금 보초를 서고 있는 이는 낮에 봤던 남자 도적이었다.

나와 마찬가지로 적 탐지 스킬이 반응을 보였는지, 그 녀석은 날카로운 목소리로 말했다.

"어이, 뭔가 있어! 빨리 일어나!"

그 말을 들은 모험가와 상단 사람들이 벌떡 일어났다.

천리안 스킬을 사용한 내가 마차 밖의 어둠을 쳐다보니, 그곳에는 수많은 무언가가 꿈틀거리고 있었다.

……저게 뭐지? 인간? 인간치고는 움직임이 굼떠.

"어이, 숫자가 꽤 많아! 생긴 건 인간과 비슷하지만 움직임이 둔해!"

내가 그렇게 외치자, 그 말을 들은 녀석들이 모닥불의 불길을 긴 봉 끝에 옮겨 붙였다. 그리고 그걸로 바리케이드 대용인 마차 밖을 비췄다.

그 빛에 비친 것은―.

몸 곳곳이 썩어 들어가서 보고 있기만 해도 구역질이 나는 존재.

―메이저한 언데드 몬스터인 좀비였다.

"""우와아아아아아앗~!"""

어둠 속에서 불빛에 비친 그 임팩트 있는 모습을 본 사람들은 하나같이 비명을 질렀다. ……물론 나도 말이다.

갑옷을 벗고 있던 다크니스는 대검을 쥐면서 자리에서 일어났다.

그런 다크니스에게 이런 상황에서도 여전히 잠에 빠져있을 만큼 신경이 굵은 메구밍을 맡겼다.

"이 녀석을 부탁해! 나는 아쿠아를 불러오겠어. 이 상황은 그 녀석을 위해 준비된 무대나 마찬가지잖아!"

이걸로 낮에 상단 사람들에게 진 빚을 갚자.

낮에는 다크니스에게 낚인 달려라 매쏠개 때문에 많은 사람들이 부상을 입었다. 그 뿐만 아니라 마차까지도 피해를 입었다.

우리 때문에 낮에 습격을 받은 거예요, 라는 말을 이제 와서 하는 것은 간이 작은 나에게는 무리였다. 그러니 이 기회에 낮에 진 빚을 갚아서 개운해지고 싶었다.

나는 아쿠아를 찾기 위해 주위를 둘러보다가—.

"꺄아아아아아~! 무슨 일이야?! 왜 눈을 떠보니 언데드에게 둘러싸여 있는 거지?! 카즈마 씨~! 카즈마 씨~!!"

그 목소리가 들린 곳을 쳐다보니 마차에 기대 잠을 자던 아쿠아가 좀비들에게 둘러싸여 있었다.

어라. ……잠깐만 있어봐. 이거, 혹시…….

"내가 잠자는 사이에 습격을 하다니, 언데드 주제에 간이 배밖으로 나왔네! 방황하는 영혼들이여, 잠들라! 『턴 언데드』~!"

아쿠아가 외치자, 따뜻한 느낌의 새하얀 빛이 넓은 범위에 쏟아졌다.

그 모습을 본 주위 사람들이 술렁거렸다.

아쿠아가 뿜은 빛에 닿은 좀비들이 차례차례 정화되며 스러져갔고…….

그 모습을 본 사람들의 술렁거림이 환성으로 바뀌었다.

하지만 그 모습을 본 내 가슴 안은 어떤 감정으로 가득 차 있었다.

—죄송합니다.

"아하하하하하. 나와 마주친 걸 보니 운이 더럽게 없는 언데드들이네! 자, 전부 정화해주겠어!"

당당하게 가슴을 펴며 모닥불의 불빛을 받고 있는 그 모습은, 그야말로 방황하는 이들을 하늘로 인도하는 여신 같았다.

그리고 나는 그 모습을 보면서 작은 목소리로 중얼거렸다.

"……죄, 죄송합니다……."

차례차례 좀비를 정화하는 아쿠아를 보면서 이미 승리 무드에 젖어있는 사람들은 입을 모아 그녀를 찬양했다.

"저렇게 아름다운 프리스트 님이 계실 줄이야……! 마치 여신 같아!"

"아아, 차례차례 좀비들을 정화하고 있어……! 그러고 보니 저 분은 낮에 우리를 지키기 위해 적들을 막아섰던 크루세이더 님의 일행이야……!"

죄송합니다. 죄송합니다.

제 동료들이 차례차례 사고를 쳐서 정말 죄송합니다.

"좀비에게 습격당하는 건 정말 드문 일이지만, 마침 저 프리스트 님이 계셔서 다행이야!"

죄송합니다. 우리 파티의 여신이 이 자리에 없었으면 아마 좀비들이 몰려들지 않았을 거예요.

"뭐, 얼추 다 정리된 것 같네. 카즈마, 어때? 나의 여신다운 모습 잘 봤지?! 나, 이 여행을 하면서 계속 활약하는 것 같지 않아? 슬슬 나에게 공물이라도 하나 바쳐야 하지 않겠어?"

언데드가 꼬이는 건 아쿠아의 체질이니 어쩔 수 없다는 건 알지만, 그래도 잘난 척 하는 표정으로 다가오는 이 녀석을 확 두들겨 패주고 싶어졌다.

"아앗?! 위즈, 정신 차려라! 누가 좀 도와다오! 위즈가……!"

다크니스의 당황한 목소리가 들렸지만 나는 신경을 쓸 수가 없었다. 상단의 리더인 아저씨가 아쿠아와 대화를 나누고 있는 나에게 다가왔기 때문이다.

"이야, 또 여러분 덕분에 살았습니다! 이번에야말로 사례금을 받아주시죠!"

죄송합니다만, 절대 못 받아요!

이 딱한 마을에서 관광을!

1

"그럼 즐거운 시간 되십시오. 이 온천 마을을 마음껏 즐겨 주시길! 그리고 도움 많이 받았습니다. 정말 고맙습니다!"

상단의 리더가 몇 번이나 고개를 숙인 후 돌아갔다.

물과 온천의 도시라고 불리는 아르칸레티아.

우리는 마차 안에서 계속 흔들린 끝에, 이곳에 도착했다.

상단 리더는 우리 때문에 몬스터에게 습격을 받은 거라고 솔직하게 털어놔도 농담으로 취급하면서 믿어주지 않았다.

아무래도 우리가 보수를 받지 않기 위해 그런 소리를 하는 거라고 좋은 쪽으로 해석한 것 같았다.

그리고 돈을 받지 않을 거면 하다못해 이거라도 받아달라면서, 우리 일행 숫자만큼의 숙박권을 줬다.

그는 아르칸레티아에서 가장 큰 여관의 경영자인 것 같았다.

그리고 그들은 다음 마을로 향했다.

"아아…… 쟈릿파……. 쟈릿파가 가버렸어요……."

메구밍이 마차를 배웅하면서 중얼거렸다.

우리 외에도 많은 손님과 모험가가 이 지역에서 내렸다. 그들이 마을로 들어간 후에도 메구밍은 멀어져가는 마차가 보이지 않을 때까지 지켜보고 있었다.

"『쟈릿파』? 그게 뭐야?"

메구밍의 말을 들은 아쿠아가 약간 놀란 표정을 지으면서 말했다.

"그 새끼 드래곤? 그러고 보니 돈 많아 보이는 손님 중 한 명이 도움을 주신 대마도사 님께서 이름을 지어줬으면 한다고 했었어."

……홍마족에게 이름을 지어달라고 한 건가.

"드래곤은 한 번 이름을 붙이면, 다른 이름으로 불러도 절대 반응하지 않는다던데……."

다크니스는 느닷없이 엄청 중요한 소리를 했다.

감개무량한 표정을 지은 메구밍은 예, 하고 대답하면서 고개를 끄덕였다.

"그 애는 쟈릿파라는 이름을 매우 마음에 들어 했어요. 그 드래곤의 주인에게도 이름을 알려주려고 우리 안에 이름을 적은 종이를 넣어뒀어요. 주인에게 사랑 받았으면 좋겠네요."

이 녀석, 그딴 짓을 한 거냐.

내 애도(愛刀)에도 메구밍이 괴상한 이름을 붙였기에 남 일처럼 느껴지지 않았다…….

"너, 아무것에나 이상한 이름을 붙이는 버릇 좀 고쳐. 이제 그만 홍마족의 네이밍 센스가 이상하다는 걸 자각하란 말이야."

"카즈마에게 네이밍 센스가 없는 건 알고 있어요. 그렇게 폼 나는 이름을 가지고 있는데도 말이에요. 정말 한탄스럽군요. 장래에 카즈마에게 아이가 생긴다면 제가 이름을 지어줄게요."

"너한테만은 절대 이름을 지어달라고 안 할……. 잠깐만, 있어봐. 내 이름이 어떻다고? 카즈마라는 이름, 홍마족 감각으로는 꽤 괜찮은 부류인 거야? 그거 엄청 충격적인 사실이네."

나는 위즈를 업은 채 마을 안을 둘러보았다.

위즈는 어젯밤에 어디 사는 누구 씨가 쓴 턴 언데드에 휘말려 아직도 눈을 뜨지 못하고 있었다. 그리고 그 턴 언데드를 쓴 장본인은 하늘을 찌를 듯한 텐션으로 큰 소리로 외쳤다.

"도착했어! 물과 온천의 도시 아르칸레티아!"

―물과 온천의 도시 아르칸레티아.

맑은 호수와 온천이 샘솟는 거대한 산과 인접한 이 마을은 곳곳에 수로가 존재했다.

건물들이 푸른색으로 통일되어 있는 이 마을은 정말 아름다웠다. 그리고 사람들은 활기로 가득 차 있었다.

마왕군이 활발하게 활동하고 있는데도 이곳은 평온했다.

딱 한 번 마왕군의 수하와 전투가 벌어진 적이 있지만, 그 이후에는 마왕의 마 자도 들리지 않을 만큼 이곳에는 접근하지 않는 것 같았다.

왜냐하면 이 마을에는 프리스트가 많아서 마왕군에게는 싸우기 힘든 곳이기 때문이다.

그리고 이 마을은 물의 여신 아쿠아 님의 가호로 지켜지고 있기 때문이다.

―그리고…….

"아르칸레티아에 어서 오십시오! 관광을 하러 오셨습니까? 입교하러 오셨습니까? 모험을 하러 오셨습니까? 세례를 받으러 오셨습니까? 아, 일거리를 찾으러 오셨다면 부디 아쿠시즈 교단으로 오시죠! 다른 마을에 아쿠시즈교의 위대함을 알리기만 해도 돈을 받을 수 있는 일거리를 드립니다. 그 일을 맡으면 아쿠시즈 교도를 자처할 수 있는 특전도 받을 수 있습니다! 자, 사양하지 마세요!"

이 마을에 있는 대량의 아쿠시즈 교도와 얽히고 싶지 않기 때문, 이라고 한다.

마을에 도착한 우리에게 느닷없이 아쿠시즈 교도로 보이는 집단이 말을 걸었다.

우와, 느닷없이 종교 권유를 받을 줄은 몰랐어.

그것보다 이 마을에는 왜 이렇게 많은 아쿠시즈 교도가 있는 걸까.

"정말 아름다운 물빛 머리카락이군요! 원래 머리색깔인가요? 부럽군요! 정말 부럽습니다! 아쿠아 님께서 걸치시는 날개옷과 비슷하게 생긴 그 날개옷도 정말 잘 어울리는군요!"

고개를 돌려보니 아쿠아가 한 여성 신도에게 열렬하게 환영을 받고 있었다.

……이거, 큰일 난 거 아냐?

만약 평소처럼 『나, 실은 여신이에요!』 같은 소리를 했다간, 가짜 취급을 당하면서 뭇매를 맞지 않을까?

메구밍과 다크니스는 아쿠시즈 교도의 기세에 압도당했는지 질린 것 같았다.

위즈가 기절한 채 나한테 업혀 있어서 다행이었다.

한 여성 신도에게 용모를 칭찬받은 아쿠아는 싫지 않은 표정을 짓더니, 눈을 반짝이면서 주위를 두리번거렸다.

나는 그런 아쿠아에게 다가가서 귓속말을 했다.

"어이, 여기서는 내가 물의 여신이다 같은 소리는 하지 마. 난리가 날 게 뻔하다고. 그리고 본명도 밝히지 마. 가명을 써."

"알고 있어, 카즈마. 나도 바보는 아냐. 그것보다 빨리 마을로 가자! 여기는 물과 온천의 도시 아르칸레티아! 물의 여신이라 그런지 텐션이 쭉쭉 올라가네! 그리고 무엇보다! 여기는 아쿠시즈 교단의 총본산이기도 하잖아!"

"윽?!"

괴짜가 많은 걸로 유명한 아쿠시즈 교단의 총본산이 여기라고?!

아쿠시즈 교단은 바로 아쿠아를 모시는 종교단체다.

······그래서 아쿠아가 여기에 오고 싶어 했던 거구나.

왠지 들뜬 듯한 아쿠아를 내버려둘 수도 없었기에, 나는 우리를 환영해주는 아쿠시즈 교도를 향해 고개 숙이면서 말했다.

"저기, 우리 동료 중에는 이미 아쿠시즈교의 프리스트가 있어요. 그리고 오늘은 관광을 하러 온 거니까, 종교 권유는 다음 기회에 부탁드릴게요······."

우리가 그렇게 말하면서 자리를 벗어나려 하자, 아쿠시즈 교도들은 만면에 미소를 지으면서 손을 흔들었다.

"그런가요! 잘 가세요, 동지님들! 오늘이 여러분에게 좋은 하루가 되기를 빌겠습니다!"

드디어 아쿠시즈 교도들이 우리에게서 떨어지자, 메구밍과 다크니스는 안도의 한숨을 내쉬었다.

하지만―.

"아르칸레티아에 어서 오십시오! 아쿠시즈교 입교자에게서는 병이 나았다든가, 복권에 당첨되었다든가, 연회용 장기 자랑을 잘하게 되었다든가 같은 실제 체험담을 들을 수 있답니다. 어떤가요? 당신도 입교하지 않겠어요?"

……정말 수상하기 그지없는 종교단체군.

나는 열심히 종교 권유를 하는 신자들을 어이없는 듯한 눈길로 쳐다보았다. 왠지 아쿠시즈교가 사람들에게 거부당하는 이유를 알 것 같았다.

"……이, 일단 숙소로 향하자. 사기를 친 것 같아서 좀 미안하기는 하지만, 그래도 모처럼 받은 숙박권이잖아. 버릴 바에야 감사히 쓰자고."

내가 그렇게 말하자, 아쿠아는 씨익 웃으면서…….

"그럼 너희 먼저 거기에 가있어! 나는 아쿠시즈교의 아크프리스트로서 교단 본부에 놀러가서 떠받들어지고 갈게!"

그런 불안하기 그지없는 소리를 했다.

너는 위즈를 간병하기나 해.

"……카즈마. 아쿠아가 걱정되니 제가 같이 가볼게요. 저와 아쿠아의 짐을 숙소로 옮겨주지 않겠어요?"

메구밍은 들뜬 표정으로 어딘가로 가려하는 아쿠아가 걱정되는지 그렇게 말했다.

확실히 그냥 내버려뒀다간 골치 아픈 일에 휘말릴 것 같았다.

메구밍에게 아쿠아를 맡긴 후, 우리는 숙소로 향했다.

2

"어서 오십시오! 주인님께 이야기들었습니다! 부디 느긋하게 쉬었다 가십시오!"

숙박권에 적힌 가게에 도착하니, 우리는 엄청난 환대를 받았다.

하지만 그 상단은 우리 때문에 몬스터에게 습격을 당했기에 양심이 좀 찔렸다.

이 마을에서 가장 큰 여관답게 건물은 멋지게 꾸며져 있었다.

뭐랄까, 귀족 전용 숙소 같은 느낌이었다.

온천마을의 여관이라고 듣고 일본풍 여관을 상상했지만, 여기는 서양식 호텔 같은 건물이었다.

이 여관은 아르칸레티아에서도 알아주는 온천수를 사용하고 있는 것 같다.

종업원이 마중을 나오더니, 우리의 짐을 멋대로 방으로 옮겼다.

방에 위즈를 눕히고 무거운 장비와 짐을 내려놓은 나는, 액셀 이외의 마을에는 처음 와봤기에 바로 관광을 시작하기로 했다.

숙소 직원에게 위즈가 깨어나면 우리가 외출했음을 전해 달라고 부탁해뒀다.

조금 걱정이 되었지만, 내가 옆에서 지켜본다고 좋아질 리도 없었다.

이 여관의 메인이벤트는 사람들이 더 모이는 저녁에 본격적으로 시작될 것이다.

"다크니스. 너는 어떻게 할래? 나는 저녁때까지 마을을 좀 돌아볼 생각이야."

"음. 그럼 나도 같이 가겠다. 액셀 이외의 마을은 잘 알지 못하거든."

갑옷을 벗은 다크니스는 미소를 지으면서 말했다.

짐을 내려놔서 몸이 가벼워진 나는 다크니스와 함께 마을 안을 산책하기로 했다.

─이 마을은 관광지라 불리는 만큼 장사꾼들의 호객행위가 엄청났다.

아니, 마치 전쟁이라도 하고 있는 것만 같았다.

우리가 어떤 가게를 쳐다보고 있을 때, 갑자기 누군가가 우리에게 말을 걸었다.

"손님, 그런 비천한 가게의 물건을 사면 손님의 품위가 떨어질 겁니다. 고귀한 손님에게 걸맞게 천연소재만으로 만든 엘프족 특제 아르칸 만두는 어떠신지요? 자, 저희 가게를 보고 가시죠."

그런 말을 한 사람은—.

귀가 길고 녹색 머리카락을 지닌 새하얀 피부의 미남이었다.

그렇다. 그는 바로 엘프였다.

"이 자식아, 헛소리 작작해! 물건이라는 건 말이야, 비싸다고 다 좋은 게 아니란 말이다! 손님, 우리 가게의 드워프족 특제 고기만두를 먹어봐! 육즙이 뚝뚝 떨어지는데다 금방 상하지도 않으니 선물용으로 딱 좋아!"

엘프를 비난하면서 그렇게 말한 사람은 우리가 쳐다보던 가게의 주인이었다.

키가 내 가슴 정도밖에 안 되는 가게 주인은 꽤 통통한 체격에 덥수룩한 수염을 지녔다.

그야말로 전형적인 드워프였다.

"엘프……! 그리고 드워프야……! 어이, 카즈마! 엘프와 드워프다! 어릴 적부터 들었던 것과 똑같이 생겼구나!"

"오오, 역시 엘프는 잘 생겼네! 그리고 드워프는 고집이 세보여!"

다크니스는 어린애처럼 흥분했고, 나도 흥분한 목소리로 그녀에게 그렇게 말했다.

이런데서 장사를 하고 있다는 점만 빼면 이 세계에 와서 처음으로 본 판타지풍 존재일지도 모른다.

고귀하고 품위가 있으며 외모가 뛰어난 엘프.

말이 험하고 고집이 세며 멋진 수염을 지닌 드워프.

그들을 본 나는 살짝 감동했다.

엘프도 드워프도 멀찍이서 본 적은 있지만 이렇게 만나서 대화를 나눠본 것은 처음이다.

내가 눈을 반짝이면서 두 사람을 번갈아 바라보았다. 하지만 이세계에 관한 동경이 담긴 시선을 그들은 다른 식으로 받아들인 것 같았다.

"보세요. 손님이 난처해하잖아요. 저희 가게의 상품을 보고 싶은데 당신이 위압감을 뿜고 있어서 난처해하고 있다고요. 자, 비천한 드워프여. 빨리 물러서세요."

"무슨 소리를 하는 거냐! 손님은 우리 상품을 보고 싶은데 너 때문에 난처해하고 있는 거다! 이 손님은 우리 가게의 상품을 살 거다! 그러니 빨리 꺼져! 이 말라깽이 엘프 자식아!"

갑자기 다투기 시작한 두 사람을 본 나는 당황했다.

그러고 보니 엘프와 드워프는 사이가 나쁘다는 이야기를 들은 적이 있었다.

"저, 저기, 다투지 마! 사, 살게! 양쪽 가게에서 물건을 사면 되잖아!"

내가 그렇게 말하자, 두 사람은 바로 싸움을 멈췄다. 그리고 동시에 미소를 지었다.

""감사합니다~!""

"—카즈마, 엘프와 드워프의 사이가 나쁘다는 것은 사실이었구나! 어릴 적에 아버님이 읽어준 책의 내용은 사실이었어!"

내가 기념품 가게에서 나오자, 다크니스는 눈을 반짝이며 흥분한 목소리로 말했다.

기념품을 사게 됐지만 괜찮은 구경을 했으니 잘됐다고 생각할까.

왠지 사기 당한 기분이 들었지만 다크니스는 대량의 만두를 짊어진 채 기뻐하고 있었다.

마을로 돌아가면 아버지와 고용인들에게 나눠줄 생각인 것 같았다.

지금까지 여행 같은 것을 한 적이 없어서 꼭 여행 선물을 하고 싶은 것 같았다.

"확실히 전형적인 엘프와 드워프라는 느낌이었지. ……아, 맞다. 겸사겸사 이 마을의 관광명소를 물어볼 걸 그랬네."

우리는 이 마을에 대해 아는 것이 하나도 없어서 어디를 둘러보면 좋을지 전혀 짐작할 수 없었다.

나는 다크니스에게 기다려달라고 말한 후, 아까 그 가게로 돌아갔다.

하지만 두 가게의 주인들은 찾아봐도 보이지 않았다.

좀 쉬러 간 걸까?

내가 가게 안을 쳐다보니 안쪽에서 목소리가 들렸다.

틀림없다. 아까 봤던 엘프의 목소리다.

……잠깐만, 드워프의 목소리도 들리잖아.

어이, 설마……?!

"어이, 당신들. 이제 그만 싸우라고……!"

가게 안에서 계속 싸우고 있다고 생각한 내가 안으로 뛰어 들어가 보니―.

"아, 손님. 여기는 휴게실이니 들어오면 안 됩니다요."

아까는 정중한 말투를 쓰던 엘프가 이번에는 가벼운 어조로 말했다.

……잠깐만, 엘프. ……엘프?

내 시선을 눈치챈 엘프(?) 주인은 자신의 귀를 잡아당겼다.

"아, 이거 말인가요? 아, 미리 말해두겠는데 나는 진짜 엘프거든요? 가짜가 아니라고요."

뭐랄까, 그러니까…… 귀가 둥글었다.

귀 모양이 나 같은 평범한 인간과 별반 다르지 않았다.

그리고 드워프와 함께 책상다리를 하고 앉아있는 그 엘프의 무릎 위에는 가짜 귀가 놓여 있었다.

……참고로 드워프 쪽은 가짜 수염을 떼고 턱을 매만지고 있었다.

"……그러니까, 뭐가 어떻게 된 거야?"

내가 아연실색하면서 묻자, 엘프(?)와 드워프(?)가 서로의 얼굴을 쳐다보았다.

　"그게, 숲에 사는 엘프는 인간과 섞여 살지 않기 때문에 귀가 길죠. 하지만 나처럼 인간과 섞여 살다보면 말이죠. 피도 섞여버리거든요? 그러면 귀도 점점 짧아진다고요. 그래서 손님에게 내가 엘프라는 걸 밝히면 화들짝 놀라죠. 그리고 실망해버려요. 이미지와 다르다면서요. 그래서 엘프틱한 이미지를 유지하고 있는 거죠!"

　엘프가 그런 소리를 했다.

　……맙소사. 아니, 나도 확실히 엄청 실망하기는 했다.

　그런 나를 본 드워프가 입을 열었다.

　"저는 위생면을 생각해서 민 겁니다. 기념품 가게는 저녁까지만 하거든요. 그리고 저녁과 아침에는 숙박객들의 식사를 만들지요. 수염을 길게 기른 상태에서 음식을 만들다 수염이라도 들어가면 골치 아프지 않겠습니까. ……아, 혹시 저희가 계속 싸우는 줄 알았습니까? 죄송합니다. 그 싸움은 말이죠, 매번 하는 퍼포먼스 같은 거예요. 엘프와 드워프는 사이가 나쁘다는 이상한 소문이 돌고 있잖습니까. 그걸 이용한 거라고나 할까요."

　아프리카 관광지 사람들이 관광객이 왔을 때만 창 같은 것을 들고, 손님들이 돌아가면 핸드폰을 만지작거리는 것과 비슷한 걸까.

이쪽 세계에서 판타지적인 무언가를 바란 내가 바보였다.

내가 고개를 푹 숙이자, 두 사람은 갑자기 미안해하는 표정을 지었다.

"아……. 죄송함다. 혹시 우리가 꿈을 박살내버렸습까?"

"손님. 편견은 좋지 않아요. 이 세상에는 손재주가 없는 드워프도 있고, 활을 잘 쏘지 못하는 엘프도 있으니까요."

"어이어이, 그건 우리 이야기잖아?"

그 후, 두 사람은 웃음을 터뜨렸다.

……진짜, 이쪽 세계는 정말 싫다.

꿈이 하나 박살나버렸지만 어쩔 수 없다. 그것보다—.

"뭐, 좋아. 반품해달라는 소리는 안 할게. 그것보다, 혹시 이 마을에 추천할 만한 관광명소 같은 거 있어? 그걸 물어보러 온 거야."

내가 그렇게 묻자, 두 사람은 서로를 쳐다보았다.

"관광명소……. 글쎄요. 얼마 전까지는 엄청 끝내주는 온천이 있었는데……."

"그래. 얼마 전까지는 말이지……."

"……응? 온천은 얼마든지 있지 않아? 여기는 온천 마을이잖아."

내 의문을 들은 엘프는 손가락을 까딱거렸다.

"젊은 여자들에게 인기인 혼욕이 있었습죠."

"진짜?"

무심코 쑥 다가간 나에게 드워프가 말했다.

"진짜입니다. 저희도 일을 끝내고 거기에 가는 게 취미였죠."

……그런 멋진 온천에 왜 이제는 못 들어가는 거지?

내 표정을 보고 무슨 생각을 하는지 눈치챈 엘프가 말했다.

"실은 말이죠. 요즘 들어 몇몇 온천의 질이 떨어지고 있어요."

……온천의 질이 나빠지고 있다고?

"그래요. 일부 온천에 들어갔던 손님들의 피부에 염증이 생기기도 하고 몸 상태가 나빠지기도 했지요. ……심할 때는 의식을 잃기도 했습니다. 온천의 질을 조사하는 전문가까지 불렀습니다만, 아직도 원인이 규명되지 않았지요……."

인상을 쓰는 드워프를 본 나는—.

또 골치 아픈 일에 휘말릴 것 같은 예감이 들었다.

"—어떻게 됐지? 괜찮은 관광명소를 추천받았느냐?"

다크니스의 곁으로 돌아간 후에야, 나는 아까 뭘 하러 돌아갔던 건지 생각났다.

혼욕 명소의 이야기를 듣고 원래 목적을 망각해버린 것이다.

"이, 일단, 이 주변을 느긋하게 돌아보지 않겠어?"

나는 고개를 갸웃거리는 다크니스에게 그렇게 말했다.

3

　—다크니스와 마을을 느긋하게 돌아다니던 나는 노점에서 팔던 꼬치구이를 먹으면서 주위를 둘러보았다.

　곳곳에 수로가 설치된 이 마을은 꽤나 청결해보였다.

　이렇게만 보면 꽤 살기 좋은 마을 같았다.

　……바로 그때, 앞쪽에서 한 여성이 무거운 짐을 든 채 비틀거리며 걸어오는 모습이 눈에 들어왔다.

　내가 길을 비켜주면서 다크니스와 함께 그 옆을 지나려 한 바로 그 순간이었다.

　"꺄아?! 이걸 어째. 모처럼 산 사과가……!"

　내가 옆을 지나가려고 한 순간, 여성은 균형을 잃으면서 시장바구니 안에 든 것을 쏟았다.

　그 사람은 바닥에 떨어진 사과를 허둥지둥 줍더니 다시 바구니에 집어넣었다.

　나와 다크니스가 함께 사과를 주워주자—.

　"정말 감사합니다! 덕분에 살았어요! 도와주신 것에 대한 답례를 하고 싶어요……!"

　여성은 아까까지 소중하게 들고 있던 시장바구니를 지면에 아무렇게나 내려놓더니, 그렇게 말하면서 내 팔을 잡았다.

　어라, 마치 플래그가 선 것 같은데……!

　새콤달콤한 예감을 받고 있는 나에게 그 사람이 말했다.

"이 앞에 아쿠시즈 교도가 운영하는 카페가 있어요. 거기서 저와 이야기 좀 나누지 않겠어요?"

"……됐어요."

여자는 재빨리 이 자리를 벗어나려 하는 나와 다크니스의 망토를 움켜잡았다.

"그러시지 말고 잠시만 기다려주세요. 저는 사실 점을 잘 봐요. 답례를 대신해 점을 봐드려도 될까요?"

"돼, 됐어요……. 저, 저기, 진짜로 됐으니까, 놔주세…… 놓으라고!"

나는 망토를 쥔 그녀의 손을 떨쳐내고 도망치려 했다. 그러자 그 여성은 내 허리를 꼭 끌어안았다.

"점의 결과가 나왔어요! 이대로 가면 당신에게는 불행이 찾아올 거예요! 하지만 아쿠시즈교에 입교하면 그 불행을 피할 수 있어요! 자, 입교하시죠! 아쿠시즈교에 입교하시는 거예요!"

"지금 현재진행형으로 불행과 조우하고 있거든?! 놔! 다크니스, 도와줘!"

내가 그렇게 말하자, 다크니스는 내 허리를 껴안은 여자의 팔을 살며시 잡았다.

그리고 가슴 언저리에서 부적을 꺼내 그 여성에게 보여줬다.

그것은 에리스 교도라는 것을 증명하는 물건일 것이다.

지구에서 그리스도 교도들이 가지고 다니는 십자가 같은

물건일지도 모른다.

"미안하지만 나는 에리스교의 신도다. 이 남자에게 아쿠시즈교를 포교할 거면 일단—."

"**퉤.**"

여성이 갑자기 땅바닥에다 침을 뱉었다.

그리고 아무 말 없이 내 허리에서 손을 떼더니 시장바구니를 들고 걸음을 옮겼다.

지금까지 이런 취급을 당한 적이 없는 귀족 아가씨가 딱딱하게 굳어있을 때, 그 여성은 우리를 돌아보더니—.

"……**퉤.**"

한 번 더 땅에 침을 뱉은 후, 그대로 걸음을 옮겼다.

잠깐…….

"어, 어이, 다크니스. 이, 이건 말이야, 그래. 아쿠시즈교와 에리스교는 사이가 나쁜 것 같으니까, 그 부적은 숨겨둬. ……그, 그리고 방금 일은 너무 신경 쓰지—."

딱딱하게 굳어버린 다크니스를 향해 내가 상냥한 목소리로 그렇게 말하자—.

"……하앙……!"

그녀는 작게 신음을 흘리면서 온몸을 부르르 떨었다.

…………·.

"……너, 살짝 흥분했지?"

"……그런 적 없다."

—인적이 드문 길을 걷던 나와 다크니스의 앞에 험상궂은 인상의 남자와 꽤 귀여운 여자애가 나타났다.

　"꺄아아앗! 살려줘요! 거기 가시는 분, 도와주세요! 에리스 교도로 보이는 이 흉악한 남자가 저를 억지로 어두운 곳으로 끌고 가려고……!"

　"헤헷. 어이, 거기 가는 형씨! 너는 아쿠시즈 교도가 아니지? 흥! 강하고 멋진 아쿠시즈 교도였다면 도망칠 수 있었겠지만, 그렇지 않다면 봐줄 필요는 없지! 암흑신 에리스의 가호를 받은 이 몸을 방해한다면 봐주지 않겠다!"

　"아아, 맙소사! 지금 제가 들고 있는 것은 아쿠시즈 교단 입교서! 여기에 누군가가 이름을 적기만 한다면, 이 사악한 에리스 교도에게서 도망칠 수 있을 텐데!"

　………….

　나는 못 본 척 하면서 그대로 걸음을 옮기려—.

　"아앗! 못 본 척 하지 마세요! 이 종이에 이름을 적기만 해도, 아쿠아 님께서 부여해주시는 슈퍼 파워로 엄청 끝내주는 남자가 될 수 있을 거예요! 이 흉악한 에리스 교도도 그런 당신에게 겁을 집어먹고 도망칠 겁니다!"

　"그래! 그리고 아쿠시즈교에 입교하면 장기자랑 같은 걸 잘하게 되는 데다, 언데드 몬스터에게 사랑받게 되는 불가사의한 특전도 받을 수 있다고!"

다크니스는 그런 소리를 하는 두 사람을 향해 예의 그 부적을 보여줬다.

"나는 보다시피 에리스 교도다. 그런 내 앞에서 에리스 님을 암흑신이라고 부르다니……"

"퉤."

다크니스가 말을 끝내기도 전에 그 소녀와 남자는 길바닥을 향해 침을 뱉은 후 사라졌다.

……아쿠시즈 교도는 전부 이딴 녀석들인 걸까.

참고로 다크니스는 잠시 동안 아무 말 없이 딱딱하게 굳은 후, 온몸을 부르르 떨었다.

…………에리스 교도도 전부 이딴 녀석인 건 아니겠지?

그 후에도―.

"축하드립니다! 당신은 이 대로를 지난 백만 번째 분입니다! 그런 당신에게 기념품을 증정하고 싶습니다! 이 기념품은 아쿠시즈 교단에서 제공한 거죠! 서류상 절차이니 기념품 수령을 위해 형식상으로만 입교해주실 수는 없을런지요?"

나는 다크니스와 함께 그 대로에 들어가려다 바로 나왔다.

"……어라? 어라어라? 오랜만이야~! 나야, 나! 잘 지냈어? 나 기억 안 나? 학창 시절! 동급생에! 같은 반이었잖아. 기억나? 나, 아쿠시즈교에 입교하고 꽤 많이 변해서 못 알아볼지도 모르겠네~!"

이쪽 세계의 학교에는 다니지 않았을 뿐만 아니라, 예전에 살던 세계에서도 이렇게 친근하게 이야기를 나눌 만한 이성 친구가 없었던 나는 아무 말 없이 그 애의 옆을 지나갔다.

"……이 마을은 대체 어떻게 되어먹은 거야? 아니, 아쿠시즈 교단은 대체 어떻게 되어먹은 데야?"

아쿠시즈 교도를 떨쳐내느라 지칠 대로 지친 나는 다크니스와 함께 오픈 카페에서 휴식을 취했다.

내 맞은편에 앉은 다크니스는 목에 건 에리스 교도의 부적 탓에 심한 꼴을 몇 번이나 당해서 아직도 볼을 붉히고 있었다.

내가 테이블에 엎드려 있을 때, 여성 점원이 주문한 음식과 마실 것을 가지고 왔다.

테이블 위에 접시와 음료가 놓였다.

내가 몸을 일으키면서 그것을 먹으려 하자…….

"아, 에리스 교도이신 손님. 이건 저희 가게에서 드리는 서비스입니다."

식사를 가지고 왔던 여성 점원이 다크니스의 발치에 뭔가를 놓았다.

……그것은 개사료가 담긴 접시였다.

"그럼 맛있게 드세요~."

여성 점원은 방긋 웃으면서 예쁘게 인사를 건넨 후 돌아갔다.

다크니스는 볼을 붉히더니 온몸을 부르르 떨었다.

"……저기, 카즈마. 다 같이 이 마을에서 살지 않겠느냐?"

"……절대 싫어."

식사를 끝내고 자리에서 일어난 나는 여전히 얼굴이 새빨간 다크니스를 데리고 숙소로 돌아가려 했다.

뭐랄까, 이 마을은 여러모로 이상했다.

……그런 생각을 하면서 돌아가려 하는 나를 향해, 한 여자애가 쪼르르 뛰어왔다.

나이는 열 살 정도 되었을까.

그런 애가 내 눈앞에서 갑자기 넘어졌다.

나와 다크니스가 허둥지둥 다가가자, 그 애는 아픈지 몸을 웅크린 채—

"아……. 고마워, 오빠, 언니."

그렇게 말하면서 방긋 웃었다.

그 미소를 보자, 거칠어져 있던 내 마음이 치유되었다.

"괜찮니? 조심하지 그랬어. 자, 일어나."

내가 그렇게 말하면서 여자애를 향해 손을 내밀자, 그 애는 내 손을 잡으며 배시시 웃었다.

구김살 없는 그 미소를 보니 정말 마음이 치유되는 것 같았다.

"응, 이제 괜찮아! 고마워! ……저기, 친절한 오빠. 이름을 물어봐도 돼?"

"카즈마야. 사토 카즈마. 여기 있는 무서워 보이는 언니는 다크니스지."

내가 그렇게 말하자, 다크니스는 내 관자놀이 언저리를 손가락으로 찔렀다.

그 모습을 본 여자애는 종이 한 장과 펜을 내밀었다.

"사토 카즈마? 저기, 어떻게 써? 여기다 써봐, 오빠!"

"그래. 내 이름은⋯⋯⋯⋯."

이름을 적기 위해 그 종이를 건네받은 내 눈에, 거기에 적힌 글자가 들어왔다.

『아쿠시즈 교단 입교서』.

"빌어먹으으으으으을~!!"

"오빠~!!"

나는 그 종이를 그대로 찢어버렸다.

4

아쿠시즈교.

국교인 에리스교의 그림자에 가린 탓에, 이 마을 이외에서는 매우 마이너한 종교다.

하지만 그 존재감은 엄청나다. 여행을 하다 도적을 만났을 때 아쿠시즈 교도라고 말하면 공포에 질린 도적들이 그대로 보내주는 경우도 있다고 한다.

그 정도로 두려움의 대상이 되고 있는 아쿠시즈 교도.

마왕군조차 멀리한다는 아쿠시즈 교도.

―나는 현재…….

"어이! 책임자 나와! 설교해주마!"

아쿠시즈교의 본부인 교회에 쳐들어왔다!

"어머, 무슨 일이시죠? 입교하려 오셨나요? 아니면 세례? 그렇지도 않으면 절 보러 오신 건가요?"

교회 안에는 바닥 청소를 하고 있는 여성 신자 한 명밖에 없었다.

우리에게 인사를 건넨 그 여성 신자 이외에는 아무도 없었다.

"아…… 나, 나는……."

"농담했을 뿐인데, 왜 부끄러워하는 거죠? 당신, 초면인 여성의 농담도 이해 못하는 건가요? 머리는 괜찮나요?"

우와, 이 아쿠시즈 교도를 주먹으로 패버리고 싶네.

"무슨 일이시죠? 최고사제이신 제스터 님을 비롯해, 다른 신자 여러분은 포교 활동이라는 명목으로 놀러……. 아뇨, 아쿠아 님의 이름을 널리 알리기 위한 활동을 하러 가서 자리를 비우셨어요. 다른 분을 만나러 오신 거라면, 다음에 다시……."

"어이, 방금 엄청난 소리 하지 않았어? 너희는 반쯤 재미 삼아서 그런 민폐 짓거리를 하고 있는 거냐?! ……아니, 그 것보다 여기에 안대를 한 마법사 여자애와 물빛 머리카락을 지닌 아크 프리스트가 오지 않았어? 내 동료인데 말이야."

여성 신자는 빗자루로 바닥을 쓸면서 말했다.

"어머, 그 분들의 동료셨군요. 두 분은 안쪽에 계십니다."

교회 안쪽? 둘 다 그런데서 뭘 하고 있는 거지?

여성신자는 고개를 갸웃거리면서 말을 이었다.

"그런데, 저기 있는 동행 분……. 아이들이 던지는 돌에 맞고 있는 저 여성을 그대로 놔둬도 괜찮은가요?"

"뭐? ……아얏! 이 망할 꼬맹이들이 뭘 하는 거야?! 저리 가! 쉿쉿!"

교회 현관 앞에 있던 다크니스는 자신을 둘러싼 아이들이 돌을 던져대자, 머리를 감싸며 몸을 웅크리고 있었다.

내가 허둥지둥 그 애들을 쫓아내자—.

"카, 카즈마……. 이 마을은 여러모로 레벨이 높구나……. 여자와 꼬마들까지 나에게 송곳니를 드러낸다……! 이대로 있다간 내 몸이 버티질 못할 것 같다만……!"

"너는 완전 민폐니까 이 마을을 돌아다니지 마. 그리고 그 에리스교의 부적도 숨기라고."

"싫다."

나는 말귀가 막힌 에리스 교도를 데리고 다시 교회 안으로 들어갔다.

내가 돌아오자, 여성 신자는 교회 안에 있는 조그마한 방을 쳐다보았다.

교회 입구 옆에 있는 조그마한 방이었다.

아하, 참회실이라는 거구나.

"일행 중 한 분은 저기 계십니다. 현재 저희 교회의 프리스트들이 자리를 비워서 그 아크 프리스트 분께 참회실을 맡겼죠."

진짜 신에게 참회를 할 수 있다는 것도 엄청난 일 아닐까.

"카즈마. 나는 메구밍에게 가보겠다. 아쿠아는 너에게 맡기마."

다크니스는 그렇게 말한 후, 교회 안쪽으로 향했다.

……그러나 청소를 하던 여성의 옆을 지나려한 순간, 모아뒀던 쓰레기가 빗자루에 의해 다크니스 쪽으로 날렸다.

발치가 더러워진 다크니스는 볼을 붉히면서 멈춰 섰다.

"어머, 죄송해요. 에리스교의 부적이 눈에 들어와서 쓰레기와 착각하고 말았답니다. 정말 죄송해요."

"……괘, 괜찮습니다……."

뭔가를 참듯 부들부들 떨면서 쥐어짜내는 목소리로 그렇게 대답한 골 때리는 에리스 교도는 그대로 건물 안쪽으로 가버렸다.

그 모습을 본 나는 더는 이 신자와 얽히고 싶지 않았기에 곧장 참회실로 향했다.

안에 들어가려 했지만, 안쪽에서 자물쇠를 잠갔는지 들어갈 수가 없었다.

노크를 해도 말이 없었다.

자는 건가?

나는 어쩔 수 없이 참회를 하는 사람이 들어가는 문을 통해 안으로 들어갔다.

안에 들어간 순간, 들려온 것은—.

"어서 오세요, 길 잃은 어린 양이여……. 자, 당신의 죄를 털어놓으세요. 신께서는 죄를 고백한 당신을 용서해 주실 겁니다……."

이 방의 분위기에 삼켜졌는지, 완전히 자기 역할에 심취한 아쿠아의 목소리가 들렸다.

아무래도 몇 명의 참회를 듣다보니, 이 녀석은 완전히 이 역할에 몰입한 것 같았다.

칸막이 때문에 얼굴은 보이지 않지만 분명 희희낙락하고 있으리라.

"어린 양이 아니라 나야. 나라고. 어이, 이 마을은 어떻게 된 거야. 머리가 지끈거릴 지경이야. 관광도 제대로 할 수가 없잖아. 네 신자들 좀 어떻게 해 봐."

아쿠아는 그 말을 듣고 한순간 침묵하더니―.

"……오호라. 나야 나 사기를 한 거군요……. 깊이, 깊이 반성하세요. 그러면 자비심 깊은 여신인 아쿠아 님께서 당신을 용서해주실 겁니다……."

"어이, 나라고 말했잖아. 시치미 떼지 말란 말이야. 너, 즐기고 있는 거지? 프리스트다운 일을 할 수 있어서 조금 기쁜 거지?"

내가 그렇게 말하자, 아쿠아는 또 입을 다물었다.

"또 참회할 일은 없습니까? 그러면 이 방을 나가서 올곧게 살아가세요……."

"어이, 장난 그만 치고 말해. 너는 이 마을에서 존경받는 존재인 아크 프리스트잖아. 신자들에게 지시를 내리면 이 문제도 금방 해결될 거야. 저 녀석들한테 좀 자중하라고 말해주라고."

내 말을 들은 아쿠아는 또 침묵을 지켰다.

"더는 참회할 게 없는 것 같군요. ……그럼 저는 다른 어린 양을 기다리겠습니다. 자, 돌아가세요."

"아니, 너 무슨 소리를 하는 거야……! 빨리 그 방에서 나오란……."

"나가! 참회가 끝난 사람은 나가!"

이 바보는 참회를 한 신자들에게 감사받는 게 기뻐서 계속 이 짓을 할 생각인 것 같았다.

이 녀석은 왜 이렇게 남들 영향을 쉽게 받는 거지?

……

나는 의자에 다시 앉은 후, 반성하는 마음이 뚝뚝 묻어나는 낮은 목소리로 말했다.

"……실은 지금 이 자리에서 프리스트 님에게 털어놓고 싶은 이야기가 있어요."

"어?! 얼마든지 털어놓으세요! 자, 당신의 죄를 고백하고, 참회하세요. 동료 크루세이더의 세탁물에 흥미를 가진 일 말인가요? 동료 마법사의 매끄러운 흑발에 코를 박은 채로 냄새를 맡고 싶다는 욕망 말인가요? 은둔형 외톨이 주제에 아름답고 고결한 프리스트를 보며 욕정을 느낀 것 말인가요?"

나는 희희낙락하면서 그렇게 말하는 아쿠아에게 딱 잘라 말했다.

"동료 프리스트가 소중히 여기던 장기자랑 전용 컵을 실수로 깨버렸어요. 그리고 밥풀로 붙여서 제자리에 뒀어요."

"뭐?!"

"……그리고 좋은 술을 모처럼 구했다며 자랑을 잔뜩 해 대기에, 얼마나 맛있는지 흥미가 생기더라고요. 그래서 한 모금만 마시려고 했는데……. 너무 맛있어서 전부 마셔버렸어요. 그리고 그 동료 프리스트가 술맛 같은 걸 알리가 없다고 생각해서 그 병에다 값싼 술을 부어놨죠."

"뭐?! 무슨 소리를 하는 거야? 응? 카즈마, 대체 무슨 소리를 하는 거냐구!"

그리고 나는 참회를 계속했다.

"……그 프리스트가 사사건건 문제만 저질러 대서……. 이 마을에 오기 직전, 에리스교 프리스트 모집 용지를 모험가 길드의 멤버 모집 게시판에 붙여놓고—."

"우에에에엥~! 이 배교자 자식, 천벌을 내려주마!"

아쿠아는 참회실의 칸막이를 활짝 열더니, 나에게 달려들었다—!

"—하아, 이제 그만 진정해. 아까 그건 농담이었어. 그것보다 나와 다크니스는 너를 숭배하는 정신 나간 신자들 때문에 관광을 못했다고. 자기 신자 정도는 제대로 관리 좀 해."

아쿠아가 틀어박혀있던, 참회를 듣는 이가 들어가는 참회실.

울음을 터뜨린 아쿠아를 겨우 진정시킨 나는, 현재 그녀와 함께 그 방 안에 있었다.

"어쩔 수 없잖아. 나도 내 신자와 제대로 만난 건 오늘이 처음이란 말이야. ……그런데 새로운 프리스트를 모집한다는 건 거짓말이지?"

"앞의 두 개는 몰라도 마지막 건 거짓말이야."

"잠깐만. 방금 앞의 두 개는 몰라도, 라고 말했어?"

……바로 그때, 누군가가 참회실의 문을 두드렸다.

응? 누가 참회를 하러 온 건가?

그것보다, 프리스트도 아닌 내가 여기에 있으면 안 되잖아.

문이 소리를 내면서 열리더니, 누군가가 안으로 들어왔다.

내가 아무 말도 없는 아쿠아를 손가락으로 톡톡 두드린 후, 나 자신과 참회실 바닥을 손가락으로 가리키면서 고개를 갸웃거렸다.

『내가, 여기, 있어도 돼?』

그런 의미가 담긴 제스처였지만, 아쿠아는 진지한 표정으로 손가락을 모으더니, 저쪽을 보라는 것처럼 방구석을 쳐다보았다.

그 시선의 끝에는 손가락 그림자가 어떤 형태를 자아내고 있었다. 그것은 바로 끝내주는 완성도의 디스트로이어였다……!

이 바보, 전혀 이해하지 못했잖아!

"어서 오세요, 길 잃은 어린 양이여……. 자, 당신의 죄를 털어놓으세요. 신께서는 죄를 고백한 당신을 용서할 겁니다……."

손가락 그림자로 만든 디스트로이어를 나에게 보여주고 만족한 듯한 아쿠아는 내가 밖으로 나가기 전에 참회를 하러 온 사람에게 차분한 목소리로 그렇게 말했다.

잠깐……!

"아아…… 부디, 부디 제 참회를 들어주세요! 저는 오랫 동안 아쿠아 님을 모셔온 아쿠시즈 교도입니다. 하지 만……! 초상화 속 에리스 신의 그 풍만한 가슴……! 그것이 저를 현혹합니다! 그 가슴은 악마의 가슴이에요! 아아……, 부디, 부디 다른 여신에게 마음이 기울고 만 죄 많은 저를 용서해주십시오……!"

어쩌지. 그딴 한심한 일로 참회하러 오지 말라고 외치면 서 저 사람을 쥐어박아주고 싶어졌어.

하지만 아쿠아는 차분한 표정을 짓더니 상냥한 목소리로 말했다.

"안심하세요. 신께서는 모든 죄를 용서하십니다. 그대, 글 래머를 사랑하세요. 그대, 절벽 가슴을 사랑하세요. 아쿠시 즈교는 모든 것이 용서되는 종교입니다. 설령 동성애자라도, 괴물 짐승귀 소녀 애호가라도, 로리콘이라도, 니트라도 말 이죠. 언데드나 악마 소녀 이외에는, 사랑이 존재하고 범죄 가 아닌 한 모든 것이 용서됩니다."

아쿠아가 니트라고 말하면서 나를 힐끔 쳐다본 게 신경 쓰였다.

"오오…… 오오오오……"

참회를 하러 온 그 사람은 감동했는지 목소리가 떨리기 시작했다.

목소리로 볼 때, 어쩌면 울고 있는 걸지도 모른다.

"그대, 경건한 신도여. 악마에게 현혹되지 않도록 그대에게 성스러운 주문을 가르쳐주겠습니다. 『에리스의 가슴은 패드가 들어간 가짜』. 앞으로 또 현혹될 것 같으면 이 주문을 외우세요. 그대 외에도 현혹되는 사람이 있다면 이 주문을 가르쳐 주도록 하세요."

"에리스의 가슴은 패드가 들어간 가짜……. 마, 마치 눈이 번쩍 뜨인 것 같습니다! 멋진 주문을 가르쳐주셔서 고맙습니다! 감사합니다!"

참회를 하러온 사람이 감사 인사를 하면서 나갔다.

"……어이, 아쿠아. 여신이나 되는 녀석이 후배 여신을 모함해도 되는 거야?"

"무슨 소리를 하는 거야. 신에게 있어 신자 숫자와 신앙심은 매우 중요한 거야. 그게 그대로 신의 힘이 된다구. 에리스의 신자는 많지만, 내 신자들은 숫자가 적은 대신 강한 신앙심을 품고 있어. 그런 귀여운 신자들을 지키기 위해서라면 나는 무슨 짓이든 할 거야."

너, 너어…….

―참회실에서 나온 우리의 곁으로 지칠 대로 지쳤는지 축 늘어진 메구밍이 다크니스에게 끌려오고 있었다.

"카즈마……. 왔군요……."

"어이, 무슨 일이야? 너, 안색이 나쁘잖아."

내 말을 들은 메구밍은 천천히 고개를 저었다.

"여기는 악마들의 소굴이에요. 빨리, 빨리 돌아가죠. 한시라도 빨리 여기서 나가고 싶어요."

"지, 진짜로 무슨 일이 있었던 거야?"

내가 신경이 쓰인 나머지 물어봤지만, 메구밍은 대답하지 않았다.

하지만 메구밍의 옷에 달린 호주머니란 호주머니에 가득 들어 있는 대량의 입교서가, 그녀에게 무슨 일이 있었는지 말해주고 있었다.

"아크 프리스트 님, 돌아가시는 겁니까? 그럼 저희 교회가 자랑하는 온천을 이용하고 가시지 않겠습니까? 아쿠시즈 교단의 재정을 책임지고 있는 이 마을에서 최고로 꼽히는 온천입니다. 효능도 정말 좋아요."

홀로 이 교회를 지키고 있던 여성 신자가 우리와 함께 돌아가려 하는 아쿠아를 잡으면서 말했다.

"어머, 그것도 괜찮겠네. 너희는 어떻게 할래? 같이 들어갈래?"

"저는 한시라도 빨리 숙소로 돌아가고 싶어요. 돌아가서 푹 쉬고 싶어요. ……그리고, 춈스케가 이 교회를 너무 무서워해요. 이 애는 교회를 싫어하는 것 같아요."

"나도 다른 아쿠시즈 교도들에게 무슨 짓을 당할지 모르니 이대로 돌아가겠다. 오늘은 이미 만족했거든."

메구밍과 다크니스가 그런 말을 하면서 나를 지그시 쳐다보았다.

나는 어떻게 할 것인지 묻고 싶은 것이리라.

"그 온천은 혼욕인가요?"

"신성한 교회에서 그런 불경한 소리를 하면 벌을 받을 걸요?"

……나는 여성신자의 말을 듣고 돌아가기로 마음먹었다.

5

숙소로 돌아가 보니, 부활한 위즈가 약간 상기된 얼굴로 방에서 느긋하게 쉬고 있었다.

"아. 여러분, 어서 오세요! 걱정을 끼쳐서 죄송해요. 저는 먼저 씻었어요. 점원 분이 가르쳐준 온천에 들어갔는데, 혼욕 쪽은 탕이 정말 크더라고요. 다른 손님이 없어서 전세를 낸 것 같았어요."

……혼욕 쪽은 탕이 정말 크다?

…………어. 약간 상기된 얼굴로 먼저 씻었다고 말하는 걸 보면, 설마…….

잠깐만 있어봐. 아쿠아의 바보짓에 어울리지 않았다면, 아마 지금쯤……!

"그런데, 관광 쪽은 어땠……. 카즈마 씨? 왜 그러시죠?"

"으으으으, 10분 만, 하다못해 5분…… 아, 아무것도 아니거든?! ……지, 진짜로 아무것도 아냐……. 내일은 숙소 밖에 나가고 싶지 않아. 이 마을은 여러모로 이상하다고."

"아쿠시즈 교도는 정말 무서워요. 홍마족에 버금갈 만큼 두려움의 대상이 되고 있는 게 이해가 돼요."

나와 메구밍이 지칠 대로 지친 표정으로 그렇게 말하는 사이, 다크니스는─.

"나, 나는. ……내일도 관광을 해볼까……."

"너, 너 인마……. 뭐, 좋아. 좋을 대로 해. 나는 목욕이나 하고 올게."

나는 우리 중 유일하게 이 마을이 마음에 든 다크니스를 어이없다는 듯이 바라보면서 자리에서 일어났다.

내 방에 속옷을 가지러 가고 싶다.

파티 멤버 중 남자는 나 혼자이기 때문에 나만 방을 따로 쓰고 있었다.

방을 나서기 전, 나는 다른 이들을 돌아보면서 말했다.

"……나는 목욕이나 하고 올게."

"아까 들었어요. 느긋하게 하고 오세요."

"저는 이미 씻었으니 카즈마 씨도 느긋하게 목욕하세요."

메구밍과 위즈는 그렇게 말했다.

나는 다크니스를 쳐다보면서 한 번 더 말했다.

"⋯⋯⋯나는 목욕이나—."

"빨리 가기나 해라."

다크니스는 차가운 목소리로 그렇게 말했다.

—방에서 나온 나는 속옷을 가지러 간 후, 이 숙소의 온천으로 향했다.

같이 가려는 사람이 한 명도 없어서 조금 쓸쓸하기는 했지만 사실 처음부터 기대하지 않았다.

자, 이제부터 오늘의 메인이벤트가 시작된다.

내 눈앞에는 입구가 세 개 있었다.

오른쪽부터 남탕, 혼욕, 여탕이다.

나는 한 치의 주저도 없이 본능에 따라 한가운데로 향했다.

혼욕이라 적혀 있으니 부끄러워하지 말고 들어가면 된다.

탈의실에 들어가보니 옷이 놓인 바구니가 있었다.

즉, 이미 누군가가 이곳에 있는 것이다.

뭐, 진정해. 진정하라고, 나 자신아. 욕실 안에 있는 이가 젊은 여성인지 아닌지는 알 수 없어.

약간 두근거리는 가슴을 안고 옷을 벗은 후, 그대로 욕실 안으로 들어갔다.

⋯⋯그러자, 탕 안에서 이야기 소리가 들려왔다.

"이 지긋지긋한 교단도 이걸로 끝이다. 비탕(秘湯)의 파괴 공작은 이미 끝났다. 지금쯤이면 다른 온천에서도 순조롭게 파괴 공작이 진행되고 있겠지. 전부 뜻대로 된다면 그 후에는 기다리기만 하면 된다. 기나긴 수명을 지닌 우리에게 10년 20년 정도 기다리는 것은 일도 아니지."

그런 만화나 영화에서 흔히 나올 법한—.
뭔가 계략을 꾸미고 있습니다 틱한 소리를 하는 남자 목소리가 들렸다—.

6

지금 지긋지긋한 교단은 끝이라고 말했지?
그 지긋지긋한 교단은 아쿠시즈 교단일 것이다.
그리고 그 뒤에는 이렇게도 말했다.
기나긴 수명을 지닌 우리에게 10년 20년 정도 기다리는 것은 일도 아니라고 말이다.
이 대화만으로도, 인간이 아닌 무언가가 아쿠시즈 교단을 박살내기 위해 계략을 펼치고 있다는 것을 알 수 있었다.
……솔직하게 말하겠다. 더는 골치 아픈 일에 휘말리고 싶지 않았다.
그리고 이런 생각도 들었다.

아쿠시즈 교단 같은 건 멸망해버리는 편이 좋을 것이다, 라는 생각 말이다.

잠복 스킬을 쓰지 않았는데도 상대는 아직 내 존재를 눈 치채지 못한 것 같았다.

아무것도 듣지 못한 척 하기로 정한 나는, 휘말리기 전에 탈출하려고 방금 벗은 옷을 다시 입었—.

"한스, 그런 걸 하나하나 나에게 보고하지 않아도 돼. 몇 번이나 말했다시피, 나는 이곳에 탕치를 하러 온 거야. 그러 니까 나를 끌어들이지 말아줄래?"

여성의 목소리가 들린 순간, 나는 다시 입던 옷을 냉큼 벗 었다.

"어이. 너무 그러지 말라고, 윌버그. 정공법으로 어찌 할 수 없는 이 교단을 박살낼 찬스라고. 또 정기적으로 보고하 러 올 테니까, 너는 이 여관에서 탕치나 하고 있어."

나는 허리에 수건을 두른 후, 문을 향해 걸음을 옮겼다. 그리고 주저 없이 문을 활짝 열어젖혔다.

"'윽?!'"

느닷없이 문이 열리자, 안에 있던 두 사람은 화들짝 놀랐다.

탕 안에는 두 남녀가 있었다.

욕조 밖에 있는 남자는 허리에 수건을 두른 채 여자 옆에 서 한쪽 무릎을 꿇고 있었다.

근육질에 키가 크고 짧은 갈색 머리카락을 지닌 그 남자는 깜짝 놀란 얼굴로 나를 쳐다보고 있었다.

이쪽이 계략을 꾸미던 녀석인가.

하지만 그건 아무래도 좋다.

나는 다른 한 명, 약간 긴장한 얼굴로 물에 몸을 담그고 있는 여성을 쳐다보았다.

그녀는 붉은색 단발머리를 지닌 누님이었다.

고양잇과 동물을 연상케 하는 녹색 눈동자가 인상적이며 글래머인데다 몸매도 좋은 미녀였다.

내가 그 누님에게서 눈을 떼지 못하자, 남자 쪽이 작은 목소리로 말했다.

(혹시 들린 건가……?)

(몰라……. 하지만 이쪽을 지그시 쳐다보고 있어……)

그 두 사람의 희미한 목소리를 듣고서야, 나는 정신을 차렸다.

맞다. 아무리 혼욕이라고 해도 여성을 뚫어져라 쳐다보는 것은 매너 위반이다.

나는 태연한 얼굴로 당당히 안으로 들어간 후, 몸을 씻는 곳으로 향했다.

그리고 그 두 사람의 시선을 받으면서 몸을 씻기 시작했다.

……때때로, 그 누님을 힐끔힐끔 쳐다보면서 말이다.

이건 어쩔 수 없었다. 건전한 사춘기 남자니까 말이다.

(……저기, 나를 계속 쳐다보잖아. 왜 저러는 걸까?)

(……으음, 뭐……. 아무래도 우리 이야기를 들은 것 같지는 않군. 저 시선에 어려 있는 것은 의심이 아니라 호기심이다)

남자가 그렇게 말하자, 누님은 아까보다 물속에 몸을 더 깊이 담갔다.

쓸데없는 짓 하지 말라고……!

나는 몸을 다 씻은 후, 그 두 사람에게서 조금 떨어진 곳에 몸을 담갔다.

나는 꺼림칙한 짓은 전혀 하지 않았다.

저들이 꾸미는 흉계를 들었다고 해서 내가 그걸 신경 쓸 필요는 없다.

그리고 혼욕에 있는 사람의 몸이 눈에 들어오는 것도 자연스러운 일이다.

그렇기에 나는 대놓고 뚫어져라 쳐다보았다.

(저, 저기 말이야……)

(의, 의심받는 것보다는 낫지 않으냐. 나는 볼일이 있으니 먼저 가마!)

남자는 그렇게 말하더니 바로 밖으로 나갔다.

……문득, 그 남자의 몸이 전혀 젖어있지 않다는 사실을 깨달았다.

흉계를 꾸미든 말든 간에, 온천 정도는 즐기는 편이 좋지 않을까 하는 생각이 들었다.

아니면 물에 들어갈 수 없는 이유라도 있는 것일까.

……참고로 나는 오늘 탕치를 하러 왔다.

이 사람들이 누구이며 뭘 꾸미고 있든 간에 내가 알 바는 아니다.

한스라고 불린 남자가 나가자, 욕실 안은 거북한 분위기에 휩싸였다.

어쩌지. 왠지 긴장되기 시작했다.

단 둘이 있으니 계속 쳐다보기도 좀 그랬다.

나는 탕 안에서 몸을 펴면서 깊은 한숨을 내쉬었다.

"……저기, 너는 이 마을의 주민이 아닌 것 같네. 이곳에는 여행으로 온 거야?"

누님이 갑자기 나에게 말을 걸었다.

그녀 또한 이 분위기를 견디지 못한 것이리라.

"여행이라고도 할 수 있겠네요. 동료와 함께 탕치를 하러 왔어요."

내가 그렇게 말하자, 누님은 흐음 하고 작게 중얼거렸다.

"이런 우연도 다 있네……. 실은 나도 탕치를 하는 중이야. 그런데 너는 아직 젊어 보이는데 왜 탕치를 하러 온 거야? 어디 다치기라도 했어?"

"아, 예. 이래봬도 모험가거든요. 강대한 적과 사투를 벌인 끝에, 목에 중상을 입었어요. 뭐, 명예로운 부상이라는 거죠."

내 말을 들은 누님은 웃음을 터뜨리더니—

"나는 내 반신(半身)과 싸웠는데 힘을 완전히 빼앗아오지 못했거든. 그래서 본래의 힘을 되찾기 위해 이렇게 탕치를 하고 있는 거야."

농담하는 투로 그런 말을 했다.

"반신이니, 본래의 힘을 되찾느니 같은 말을 내 동료 마법사가 들었으면 엄청 기뻐했을 거예요."

"후후후. 그 동료 마법사, 혹시 홍마족이야? 내가 마법을 가르쳐준 홍마족 여자애는 건강하게 지내고 있으려나…… 아무튼, 내 반신을 찾는다면 탕치 같은 건 안 해도 되는데 말이야~. 내 반신이 이 근처에 있으면 얼마나 좋을까?"

땅이 꺼져라 한숨을 내쉬는 누님을 보니, 방금 그 농담이 진실미를 띠기 시작했다.

"자, 그럼 나는 먼저 나갈게. ……그리고 앞으로는 이 마을의 온천에 가능한 한 들어가지 않는 편이 좋을거야."

누님은 그런 영문 모를 소리를 하면서 탕에서 나갔…….

"……저, 저기, 가능하면 탕에서 나갈 때의 내 무방비한 모습을 쳐다보지 말아줬으면……."

"신경 쓰지 마세요."

탕에서 나가려던 누님은 내가 주저 없이 그렇게 말하자, 울상을 지었다.

어쩔 수 없군.

내가 뒤편을 돌아보자, 누님은 고마워 하고 말했다. 그리고—.

"아아……. 괜찮은 온천마을인데 말이야. 새로운 온천을 찾아야겠네……."

그런 의미심장한 소리를 하면서 욕실 밖으로 나갔다.

—탕에 홀로 남은 나는 누님과 남자가 했던 말을 떠올렸다.

『이 지긋지긋한 교단도 이걸로 끝이다』.

그리고 누님은 **앞으로는 이 마을의 온천에 가능한 한 들어가지 않는 편이 좋다**고 말했다.

그런 걸 가르쳐준 이유는 모르겠지만, 그 누님의 말에서는 호의가 느껴졌다.

즉, 아쿠시즈 교단의 돈줄인 이 마을의 온천에 무슨 짓을 한 건가……?

알게 된 이상 손을 쓰는 편이 좋을지도 모르지만, 솔직히 말해 영 내키지 않았다.

골치 아픈 일에 휘말리는 것은 이제 사양하고 싶었다.

……그래. 여기에는 여행 삼아 왔잖아. 그러니 아무것도 듣지 못한 걸로…….

내가 그런 생각을 하면서 현실도피를 한 바로 그 순간이었다.

"와아! 우리 저택의 욕실도 꽤 크지만 역시 고급 여관의

온천은 엄청나군요! 헤엄을 쳐도 될 만큼 크네요!"

"어이, 메구밍. 목욕탕에서 헤엄을 치는 건 매너 위반이다. ……뭐, 뭐하는 것이냐! 왜 수건을…… 아앗!"

"혼욕도 아닌데 왜 부끄러워하는 거예요. 거칠고 힘든 모험가 생활을 하는 우리가 그런 계집애 같은 짓을 하면 어쩌냐고요!"

"잠깐, 그 논리는 이상하다! 그리고 메구밍은 지나치게 남자다워! 아앗, 수건을……."

여탕 쪽에서 귀에 익은 목소리가 들렸다.

아무래도 메구밍이 다크니스의 수건을 빼앗은 것 같았다.

잘했어, 더 해, 라고 외치고 싶은 나는 그 광경을 직접 볼 수 없었다. 그래서 상상력을 동원하기로 했다.

나는 일단 여탕 쪽을 향해 헤엄쳤다.

여탕과 혼욕 사이에 있는 것은 윗부분이 뚫린 벽이었다.

세숫대야를 쌓은 후, 그 위에 올라가서 발돋움을 하면 여탕을 훔쳐볼 수 있을 것이다.

하지만 나는 신사이기 때문에 아무 짓도 하지 않았다.

꺄아~ 하고 비명을 지르며 세숫대야를 던지는 정도로 용서해주는 건 만화에서만이다.

여기는 현실이다. 실제로 여탕을 훔쳐보면 주저 없이 나를 경찰에 넘길 것이다.

벽 너머에서 첨벙 하고 탕에 들어가는 소리가 들렸다.

"휴우……. 때로는 이런 온천도 나쁘지 않군요. 원래는 게으름뱅이가 된 두 사람을 밖으로 끌어낸 후 아쿠아한테 꼬여든 언데드라도 사냥할 생각이었지만, 여기를 목적지로 정하기 정말 잘한 것 같아요."

뭐, 뭐라고……?!

"그런 이유로 탕치를 하러 가자고 했던 것이냐. 뭐, 그대로 마을에 남아 있어봤자 한동안은 퀘스트를 하지 않았겠지. 정말, 그 녀석은 어떻게 되어먹은 남자인 것이냐. 보수적인 겁쟁이인가 싶다가도, 신분의 차이 같은 것은 신경 쓰지 않으며 귀족조차도 막 대할 때가 있지를 않나……. 개구리를 상대로 도망 다니기만 하나 싶다가도, 마왕군 간부를 상대로 싸우지를 않나……. 정말 이상하달까, 불가사의한 녀석이다."

"쉿! 다크니스, 더는 말하지 마세요. 이 옆은 혼욕이에요. 눈앞에 혼욕과 남탕이 있을 때 카즈마가 어느 쪽을 선택할 거라고 생각하나요?"

"혼욕이겠지. 소심하고 중요한 순간에 겁쟁이가 되는 녀석이기는 하지만, 이런 대의명분이 있을 때는 당당하게 혼욕에 들어갈 거다."

저 녀석들 확 날려버릴까?

하지만 틀린 말은 전혀 하지 않은 데다, 실제로 나는 지금 혼욕에 있으니 불평을 할 수도 없었다.

그런 내 갈등을 아는지 모르는지 메구밍과 다크니스가 입을 열었다.

"카즈마~! 거기 있죠? 벽에 귀를 대고 다크니스가 어디부터 씻는지 상상하며 하악하악 거리고 있죠?"

"메, 메구밍 너, 왜 나를 거론······! 어이, 카즈마. 거기 있지? 거기 있는 건 알고 있다!"

두 사람이 멋대로 떠들어대고 있지만, 내가 여기 있는 걸 가르쳐줄 필요는 없다.

딱히 내 행동을 읽힌 게 분한 건 아니다.

······아니란 말이다······.

내가 아무 말도 하지 않자, 그녀들의 목소리가 또 들려왔다.

"이상하네요. 혼욕에 없는 걸까요? 그럴 리가 없는데······."

"음······. 하지만 전혀 대답이 없다만······."

그대로 아무 말도 하지 않자, 이윽고―

"진짜로 없는 것 같네요. 카즈마를 괜히 의심하고 말았군요. 나중에 은근슬쩍 주스라도 사줘야겠어요."

"확실히 멋대로 단정지어버리는 건 무례한 짓이지."

두 사람은 약간 반성한 목소리로 그런 말을 했다.

"이러쿵저러쿵 해도 카즈마는 꽤 믿음직한 사람이니까요. 그를 의심한 건 반성해야겠어요······."

"그래. 그 녀석은 진짜로 동료가 위험할 때는 반드시 도와주는 남자다. 솔직하지 않기는 하지만 실은 좋은 녀석인 게 틀림없다. 그러니 반성해야겠지……."

왠지 여기서 이렇게 이야기를 훔쳐듣고 있는 게 부끄러워졌다.

온천에서 나간 후, 나야말로 저 녀석들에게 뭐라도 사줘야겠다.

내가 그런 생각을 하면서 이 자리를 벗어나려ㅡ.

"그런데 메구밍. 아까부터 신경이 쓰였다만, 엉덩이의……."

"어이쿠, 아무리 다크니스라도 그 이상 말하면 가만두지 않을 거예요!"

"잠깐……! 그만……!"

첨벙첨벙 하는 소리가 들리더니, 벽 위쪽의 뚫린 부분에서 물이 쏟아졌다.

"정말! 이 발칙한 물건은 대체 뭐죠?! 제 엉덩이를 신경 쓸 짬이 있으면, 격렬하게 자기주장 하고 있는 이것을 좀 더 콤팩트하게 만들기 위해 노력하는 게 어때요?!"

"아앗! 잠깐! 메, 메구밍, 그만……! 거, 거기느으으으으은……!"

ㅡ양심의 가책을 느껴 이 자리를 벗어나려던 나는 아까

위치로 돌아갔다.

그리고 혹시나 하는 마음에 잠복 스킬을 발동하고 벽에 귀를 대자……!

"지금이에요!"

"하앗!"

"우왓?!"

갑작스러운 충격 탓에, 나는 벽에 대고 있던 쪽의 관자놀이를 감싸며 탕 안에 쓰러졌다.

내가 귀를 대고 있던 부분을 벽 너머에 있는 다크니스가 있는 힘을 다해 후려친 것이리라.

"거봐요! 역시 있었잖아요!"

"그럴 줄 알았다! 내가 잘못 보지 않았구나! 평소 이 남자에게서 느꼈던 엉큼한 시선! 그렇게 욕망으로 물든 남자가 혼욕에 들어가지 않았을 리가 없지!"

머리를 움켜쥔 채 괴로워하는 내 귀에 두 사람의 의기양양한 목소리가 흘러들어왔다.

작살내버리겠어!

"『크리에이트 워터』!"

""꺄아아앗?!""

나는 벽 위쪽의 뚫려있는 부분을 향해 마법으로 물을 만들었다.

물을 뒤집어쓴 두 사람의 비명이 벽 너머에서 들려왔다.

반격이라도 하려는 건지, 벽 너머에서 별의 별게 다 날아왔다.

샴푸와 비누, 나무통에 춈스케까지 날아왔다.

"어, 어이! 고양이는 던지지 마! 하마터면 욕조에 빠질 뻔했잖아!"

"그 애는 씻는 걸 정말 싫어해요. 그 애를 씻기고 나면 손이 상처투성이가 된다고요. 우리 대화를 훔쳐들은 벌로 그 애를 씻겨 주세요."

메구밍은 태연한 목소리로 그렇게 말했다.

물이 무서운지 나에게 꼭 안긴 춈스케는 떨어지지 않기 위해 발톱을 세웠기에 조금 아팠다.

너도 이상한 주인 때문에 고생이 많구나…….

여기 있는 게 들켰으니 그냥 뻔뻔하게 나가기로 했다.

"어이. 모처럼 온천 여행을 왔잖아. 그리고 우리는 동료, 즉 가족 같은 사이 아냐? 기왕 이렇게 된 거 혼욕에서 같이 온천을 즐기자. 그리고 너희 둘 다 이미 나와 같이 목욕을 한 적이 있잖아? 이제 와서 빼지 말라고."

"이 남자, 평소에는 우리를 짐짝 취급했으면서, 이럴 때만 동료니 가족이니 하고 지껄여대고 있어요!"

"네가 배짱이 있는 놈인지 없는 놈인지 알 수가 없구나!"

─시끌벅적한 온천에서 나와, 두 사람보다 먼저 방으로

돌아가보니…….

"너, 너무해애애애애! 난……! 나는 나쁜 짓을 전혀 안 했는데……! 온천에 들어갔을 뿐인데!"

"아쿠아 님, 고생 많으셨군요……. 그런데, 저, 저기, 제발 울음을 그쳐주세요. 아쿠아 님의 눈물이 피부에 닿으니 엄청 찌릿찌릿해요……."

아쿠아가 위즈의 가슴에 얼굴을 묻은 채 서럽게 울고 있었다.

"무슨 일이야. 이번에는 또 어떤 괴현상을 일으킨 건데? 대체 얼마나 많은 사람들에게 폐를 끼친 거냐고."

"괴현상이라니! 폐라니!! 왜 내가 나쁜 짓을 했을 거라고 단정 짓는 거냔 말이야!"

아쿠아는 고개를 치켜들더니, 나를 향해 고함을 질렀다.

"그게……. 아쿠아 님이 아쿠시즈 교단의 비탕에 들어갔더니 온천이 평범한 온수가 되어버렸대요. 그래서……."

"그래서 쫓겨났어~! 난, 여신인데! 왜 나를 숭배하는 교회에서 쫓겨나야만 하는 건데?! 응?! 이유가 뭐야~!"

그러고 보니 이 녀석은 몸에 닿은 물을 정화하는 능력을 지녔지.

"그래서……! 나는 그 온천의 관리인에게 이렇게 말했어! 『온천을 맹물로 만든 건 사과할게! 하지만 이건 어쩔 수 없는 일이야! 왜냐하면 나는 물의 여신! 아쿠아 본인이거든!』"

하고 말이야! 그랬더니, 그 관리인이……. 훌쩍……, 『훗』하고 코웃음을 쳤어……! 여신인데! 나, 여신인데……!!"

또 울음을 터뜨린 아쿠아를 위즈가 달래는 가운데…….

나는 아쿠아를 지그시 쳐다본 후—.

"……훗."

"우에에에에에에엥~!!"

"카즈마 씨!"

1

식사는 여관 1층에서 하게 되어 있었다.

"이 마을의 위험이 위험에 처한 것 같아."

고급 여관답게 건강과 맛을 다 갖춘 아침밥을 먹고 있을 때, 아쿠아가 그런 소리를 했다.

위험이 위험에 처했다는 게 무슨 소리야? 말을 할 거면 좀 제대로 하라고.

"밤새도록 울어대던 녀석이 갑자기 무슨 소리를 하는 거야? 이 마을에 있어 가장 위험한 건 네 특수한 체질이잖아. 방에 딸린 노천 온천 외에는 절대 이용하지 마."

내 말을 들은 아쿠아는 테이블을 두드렸다.

"내 말 좀 들어봐! 나도 좋아서 온천을 정화한 건 아냐. 뭐, 저택 욕실에 있던 다크니스의 고급 입욕제를 전부 넣은 물도 간단히 정화됐으니까, 온천이 정화되는 것도 무리는 아니긴 해."

"뭐?! 그걸 전부 다 쓴 것이냐?! 일부러 왕도에서 공수한 건데?!"

아쿠아는 다크니스의 우는 소리를 무시하면서 말을 이었다.

"하지만 이상해. 내가 아쿠시즈 교단의 비탕에 들어갔을 때 온천을 정화하는 데 엄청 시간이 걸렸다구. 내 정화능력은 정말 엄청난데도 말이야. 어느 정도냐면……!"

말을 멈춘 아쿠아는 내가 마시려던 커피잔 안에 검지를 넣었다.

그러자 시꺼멓던 커피가 순식간에 투명한 물로 변했다.

우리 모두가 지켜보는 가운데, 아쿠아는 작게 고개를 갸웃거렸다.

"……어때?"

"어때는 무슨! 바보야, 이게 무슨 짓이야?! 새 커피 가져와!"

내가 맹물이 든 잔을 내려놓으면서 그렇게 말하자, 아쿠아는 자신의 검지를 혀로 핥은 후 말했다.

"보다시피 보통은 순식간에 정화가 돼. 그런데 그때는 꽤 시간이 걸렸지. 그건 그만큼 물이 오염되어 있었다는 거야. ……그리고 이 마을에 있는 온천의 질이 갑자기 나빠졌다잖아? 그건 우리 아쿠시즈 교단을 위험시한 마왕군이 정면승부로는 이길 수 없다고 판단해서, 아쿠시즈 교단의 소중한 돈줄인 온천을 오염시킨 게 분명해!"

""그렇구나. 엄청나네!""

"믿어줘~!"

다크니스와 메구밍이 입을 모아 그렇게 말하자, 아쿠아는 테이블을 내려쳤다.

그런 아쿠아를 본 두 사람은 머리 위에 물음표를 띄운 듯한 표정을 지었다.

"그저 몇몇 온천의 질이 떨어진 것뿐이지 않느냐. 왜 그게 마왕군의 짓이라고 생각하는 거지?"

"뭐, 아쿠시즈 교단은 평소 행적 때문에 많은 이들이 꺼려하는 건 사실이에요. 하지만 그런 번거로운 짓을 벌일까요?"

그런 번거로운 짓을 벌였다고······.

젠장. 어제 온천에서 만난 그 남자는 역시 마왕군의 관계자인 것 같군.

분명 그는 아쿠시즈 교단의 비탕에 공작이 어쩌고저쩌고하고 말했었다.

그걸 아쿠아가 미연에 막은 것은 다행이지만······.

다른 이들에게 말을 해줘야 할까. 말아야 할까.

하지만 말을 했다간 일이 커질 것이다.

이 마을의 모험가 길드에 즉시 통보될 것이며 우리도 협력해야만 할 것이다.

모처럼 온 여행이 엉망이 될 테고, 또 마왕군의 관계자를 상대하게 되리라.

어디까지나 내 직감이지만 어제 온천에서 만났던 그 두 사람은 강하다.

한 명은 아쿠시즈 교단의 본거지에서 당당하게 온천을 즐기고 있었고, 한 명은 단독으로 파괴공작을 하고 있었다.

그것만 봐도 저번에 졸개 몬스터와 싸우다 나무에서 떨어져 죽은, 나 같이 약해빠진 모험가가 어찌할 수 없는 상대인 것은 분명했다.

"나는 이 마을을 지키기 위해 나서겠어! 그러니 너희도 협력해줄 거지?!"

"나는 산책이라든가 여러 가지로 바빠서 무리야."

"저는 아쿠시즈 교도가 얼마나 무서운지 어제 톡톡히 깨달았으니 사양할래요. 오늘은 카즈마나 따라다닐 거예요."

나와 메구밍은 딱 잘라 거절했다.

"이유가 뭐야~! 산책 같은 건 안 해도 상관없잖아?! 메구밍도 우리 애들을 너무 싫어하지 마! 그, 그럼 다크니스는……."

"으……, 나, 나는, 그게 말이다……."

"부탁이야아아아아아아아앗!"

"알았다! 도와주마! 도와줄 테니까 내 포도 주스를 정화하지 마라!"

울며불며 매달리는 아쿠아 때문에 뜻을 꺾는 다크니스를 쳐다보던 나는 문득 생각났다.

"그런데 위즈는 아직 일어나지 않은 거야? 위즈는 항상 너한테 무르니까 네가 도와달라고 하면 바로 따라나설 것 같은데 말이야."

"나, 밤새도록 위즈의 품에 안겨 울어댔잖아. 그랬더니 아침 즈음에는 축 늘어진 채 사라지려고 하더라구. 그래서 방에 눕혀뒀어."

"마을보다 위즈를 먼저 구해! 위즈는 너 때문에 이 마을에서 계속 뻗어 있다고!"

아쿠아에게 끌려가는 다크니스를 배웅한 후, 나는 메구밍과 함께 앞으로 어떻게 할지 생각했다.

관광을 하려고 해도 온천 마을에는 의외로 볼 게 없었다.

목적지를 정하지 않고 돌아다니는 것도 좋지만, 어제처럼 종교 권유 러시를 당하는 것도…….

내가 고민을 하고 있을 때, 메구밍이 내 소매를 잡아당겼다.

"딱히 갈 곳이 없다면 저와 같이 마을 밖에 폭렬마법을 쏘러 가지 않겠어요?"

"이런 데 와서도 그 짓을 하려는 거야?"

액셀 마을에서는 메구밍의 1일 1폭렬이 완전히 명물이 되었기 때문에 괜찮겠지만, 이 마을 근처에서 폭렬마법을 썼다간 아무리 괴짜천지인 이 마을이라도 소동이 일어날 것이다.

뭐, 마을이랑 꽤 떨어진 곳에서 하면 괜찮겠지.

내가 1일 1폭렬에 어울려주겠다고 말하자, 메구밍은 기분 좋은 듯이 주스를 홀짝였다.

"안녕하세요……. 으으, 다들 일찍 일어나셨군요……."

노곤한 목소리로 그렇게 말하면서 1층으로 내려온 이는, 안 그래도 하얀 얼굴이 더 하얗게 질린 위즈였다.

"안녕. 이제 괜찮은 거야? 아쿠아 때문에 사라질 뻔 했다고 들었어."

"예. 한때는 제가 모험가였던 시절의 파티 멤버가 강 너머에서 이쪽으로 오지 말라며 허둥대는 모습이 보였지만……. 이제 조금 괜찮아졌어요."

녹초가 된 위즈는 태연한 목소리로 당치도 않은 말을 했다.

그거, 임사체험 아냐?

아니, 언데드도 임사체험을 하는 걸까?

"위즈는 오늘 어떻게 할 거야? 나와 메구밍은 마을 밖에 나가볼 생각이야."

"저는 딱히 할일은 없지만……. 두 분은 마을 밖에 나가실 거군요. 이 주변에 서식하는 몬스터 중에는 꽤 강력한 녀석이 많답니다. 괜찮다면 제가 같이 가드릴까요?"

위즈는 그런 고맙기 그지없는 말을 머뭇거리면서 입에 담았다.

"부탁해! 진짜배기 마법사가 함께 해준다면 마을 밖에서도 안심이 될 거야."

"어이, 가짜 마법사가 대체 누구인지 가르쳐주실까?"

2

우리는 폭렬마법을 쓰러 가기 전에 마을 안을 잠시 산책하기로 했다.

아쿠시즈 교도들의 민폐 덩어리 종교 권유는 아직 당하지 않았다.

춈스케를 어깨에 태운 메구밍은 기분 좋은 듯이 앞장서서 걷고 있었다.

나는 그녀의 뒷모습을 쳐다보면서, 나란히 걷고 있는 위즈에게 물었다.

"어이, 위즈. 오늘 아침에 『제가 모험가였던 시절의 파티 멤버가』 같은 말을 했었지? 그 말을 듣고 신경이 쓰인 건데 말이야. 위즈는 왜 리치가 된 거야? 이런 소리를 하는 건 좀 그렇지만……. 위즈는 별종 투성이인 액셀 마을 안에서 정상적인 성격을 지닌 몇 안 되는 인물 중 한 명이라고 생각해. 원래 고명한 모험가였던 위즈가 자연의 섭리를 거스르면서까지 리치가 된 게 좀 이해가 안 되네."

좀 실례되는 질문이라고 생각하지만 전부터 신경이 쓰이

기는 했다.

나는 위즈 이외의 리치를 만난 적이 딱 한 번 있다.

그 리치는 소중한 사람을 지키기 위해 어쩔 수 없이 리치가 됐다고 말했다.

위즈는 잠시 동안 고민한 후—.

"그런가요…… 매우 긴 이야기니까, 다음에 아쿠아 님이 같이 계실 때 해드려도 될까요?"

구김살 없는 미소를 지으면서 그렇게 말했다.

뭐, 본인이 저렇게 말하는 걸 보니, 아쿠아에게도 들려주고 싶은 이야기인 것 같았다.

위즈가 어떤 경위로 리치가 된 것인지는 모르겠지만, 피치 못할 사정이 있었다는 사실을 알면 아쿠아도 위즈를 달리 볼지도 모른다.

내가 그럼 아쿠아가 있을 때 이야기해달라고 말하자, 위즈는 빙긋 웃었다.

"예. 그럼 바닐 씨도 불러서 옛날이야기라도 하죠. 저는 모험가였던 시절에 바닐 씨와 사투를 벌인 적도 있답니다."

우와, 엄청 듣고 싶네.

그 후에 어쩌다 바닐과 사이가 좋아졌는지도 물어보고 싶어졌다. 아니, 그것보다—.

"저기 말이야. 위즈는 몇 살 때 리치가 됐어?"

"스무 살 때예요."

흐음.

"그렇구나. 겉모습은 딱 그 정도로 보이긴 해. 그럼 리치가 되고 어느 정도의 시간이 흐른 거야? 그러니까, 지금은 몇 살인데?"

"스무 살이에요. 리치가 된 시점부터 나이를 먹지 않으니까요."

"……뭐? 아니, 그래도……."

"저는 몇 년이 지나든 언제나 스무 살이에요."

"……그, 그렇구나."

뭔가 위험한 분위기를 느낀 나는 더 이상 물어보지 않았다. 여성에게 나이를 묻는 것은 실례이기도 하니까 말이다.

바로 그때, 앞장서서 걷던 메구밍이 갑자기 입을 열었다.

"그러고 보니 위즈에게 물어볼 게 있어요. ……마왕군 중에 폭렬마법을 쓸 수 있는 사람이 위즈 이외에도 있나요? 저기…… 폭렬마법을 쓸 수 있는 글래머 언니 중에 아는 사람은 없나요?"

이 녀석, 느닷없이 무슨 소리를 하는 거야?

"제가 알기로 마왕군 중에서 폭렬마법을 쓸 수 있는 이는 저뿐이에요. 하지만 제가 마왕 씨의 성에 지냈던 건 먼 옛날 일이죠. 제가 그 성에서 나온 후에 들어온 이들에 대해서는 몰라요……."

"그런가요. 그럼 됐어요."

메구밍은 휴우 하고 한숨을 내쉬었다.

하나도 안 됐거든?

"어이, 그 글래머 언니는 누구야? 멋대로 이야기를 끝내지 말고 내가 납득할 수 있게 설명해봐."

"이, 이 남자는 정말……. 딱히 중요한 이야기는 아니에요. 사실, 제가 액셀 마을에 온 이유 중 하나는 액셀에 폭렬마법을 쓸 수 있는 여자 마법사가 있다고 들었기 때문이죠. 뭐, 그 사람은 위즈였던 것 같지만요."

"흐음. 그럼 그 글래머와 너의 관계에 대해 자세하게……."

"하다못해 글래머 뒤에 언니라든가 마법사 같은 단어를 붙여주세요. 그 사람은 제가 목표로 삼고 있는 사람이라고요. 저는 언젠가 그 사람을 만나서……."

"……목표로 삼고 있다고? 그 말은 가슴 크기 면에서 그 사람을 목표로 삼고 있다는 거야?"

"작살내버리겠어!"

내가 지팡이를 휘두르면서 달려드는 메구밍의 머리를 움켜잡고 저항하고 있을 때였다.

"……어머? 방금, 어딘가에서 본 적이 있는 분이……?"

위즈가 마을의 온천이 밀집되어 있는 곳을 쳐다보면서 그렇게 말했다.

그녀의 시선이 향하고 있는 곳을 보니—

"어이, 메구밍! 위즈! 빨리 마을 밖으로 나가서 마법을 쏘고 관광이나 하자!"

나는 그 녀석을 보자마자, 다른 두 사람을 데리고 그 자리를 벗어나려 했다.

위즈가 본 적이 있다고 말한 남자.

그 자는 어제 온천에서 수상한 대화를 나누던 남자였다.

이걸로 결론이 났다.

위즈가 눈에 익다고 말한 것을 보면 저 자는 분명 마왕군 관계자다.

작작 좀 해. 나는 아무런 힘도 없는 일반인보다 개미 눈물만큼 더 나은 최약체 직업이란 말이다!

더는 나를 골치 아픈 일에 끌어들이지 마!

"그래요! 오늘 일과를 끝내고 개운한 마음으로 관광을 하죠! 오늘은 위즈가 있으니 안심이 되네요. 몬스터라도 찾아내서 폭렬마법으로 해치워버리고 싶어요!"

"아앗, 카즈마 씨. 너무 서두르지 마세요! ……으음, 저 분, 눈에는 익기는 한데……."

저 남자와 위즈를 마주치게 해서는 안 된다.

내 감이 그렇게 외쳐대고 있었다.

3

이 땅에 깨끗한 물이 풍족해서일까.

아르칸레티아 마을 밖에는 깊은 숲이 존재했다.

"저 숲에 가죠! 분명 몬스터가 잔뜩 있을 거예요! 사냥해요! 빨리 사냥하자고요!"

나는 위즈와 함께 오늘따라 꽤 호전적인 메구밍의 뒤를 따랐다.

적 탐지 스킬을 사용해보니 숲 곳곳에 몬스터의 반응이 존재했다.

"응, 잔뜩 있네. 몬스터들도 우리의 기척을 느낀 것 같은데 왜 공격해오지 않는 거지?"

기척은 느껴지지만 모습은 보이지 않았다.

"그건 저희가 아르칸레티아에서 나온 인간이라 경계하고 있기 때문이겠죠. 저 마을의 사람들 중 대부분은 아쿠시즈 교도니까요……. 몬스터도 아쿠시즈 교도에게는 다가가지 않는다고 들었어요."

몬스터조차도 그 인간들을 피해 다닌다는 거구나.

"그리고…… 어쩌면 제가 있기 때문일지도 몰라요. 본능적으로 리치인 저를 피하고 있는 거죠."

위즈는 그렇게 말하면서 쓴웃음을 지었다.

맞아. 자주 깜빡하지만, 위즈는 이래봬도 마왕군의 엉터리 간부다.

엉터리이기는 해도 간부로 선발될 정도의 실력자인 것이다.

그리고 베르디아가 왔을 때나 바닐이 왔을 때—

그런 강한 힘을 지닌 녀석들이 마을 근처에 나타나면 몬스터들도 경계했다.

지금도 본능적으로 위즈를 두려워하며 모습을 드러내지 않는 것이리라.

내가 액셀 마을에서 꽤 오랫동안 살면서도 몬스터가 마을에 침입했다는 이야기를 듣지 못한 것은, 어쩌면 위즈가 살고 있는 것과 연관이 있을지도 모른다.

"으음……. 어쩔 수 없네요. 그럼 저쪽에 대충 마법을 쏘고 끝내도록 할까요. 실은 레벨도 올릴 겸 몬스터에게 날리고 싶었는데……."

메구밍은 그런 무시무시한 소리를 하면서 폭렬마법을 영창하기 시작했다.

메구밍의 조그마한 몸에 방대한 마력이 집결되기 시작했다.

이렇게 많은 마력을 사용하는 대마술을 아무 의미 없이 펑펑 날려대다니……. 이 녀석은 대체 무슨 생각인 걸까.

세상을 위해 활용할 방법이라면 얼마든지 있을 것 같은데 말이야.

내가 그런 생각을 하는 사이, 메구밍은 마법 준비를 끝낸 것 같았다.

"『익스플로전』!!"

메구밍이 대충 날린 폭렬마법은 굉음을 내면서 지면을 뒤흔들었다.

나무가 뽑혀서 날아가고 지면이 도려내지면서 엄청난 파괴의 흔적이 숲에 새겨졌다.

이 갑작스러운 폭거 탓에 새들도 일제히 날아올랐고 숲 전체가 술렁거렸다.

"휴우. ……자, 돌아갈까요? 그럼 업어주세요."

이 정도 폭거를 저지른 장본인은 지면에 엎드린 채 태연한 목소리로 그렇게 말했다.

당연한 듯이 업어달라고 요구하는 메구밍을 나는 그냥 두고 가버릴까 하고 잠시 동안 고민했다.

"좀 더 연비가 좋아질 수는 없는 거야? 자, 내 마력을 나눠줄 테니까 자기 발로 걸어."

나는 그렇게 말하면서 드레인 터치로 내 마력을 나눠줬다.

나눠준 마력이 적었는지 메구밍은 후들거리면서 몸을 일으켰다.

그리고 자신의 모험가 카드를 확인하더니 작게 미소 지었다.

"어? 아무래도 숨어있던 코볼트 네 마리가 폭발에 휘말렸나 보네요. 모험가 카드에 있는 오늘의 토벌 몬스터 란에 코볼트가 기록되어 있어요."

……큰일이네.

잘 생각해보니 지금 내가 가장 레벨이 낮잖아.

일전의 리자드 러너 토벌과 달려라 매솔개 토벌로 레벨이 2 올랐지만, 그래도 아직 내가 가장 낮다.

레벨 업을 한 덕분에 스킬 포인트가 생겼으니, 경험치 벌이용으로 적당한 공격 스킬이라도 습득할까.

내가 그런 생각을 하고 있을 때—

"……응? 뭔가가 이쪽으로 뛰어오고 있네. 적 탐지 스킬이 상당한 속도로 다가오고 있는 반응을 포착했어."

"호오? 폭렬마법의 소리를 듣고 온 걸까요?"

숲 안쪽에서 이쪽을 향해 곧장 달려오고 있는 무언가는 너무 검어서 천리안 스킬로 봐도 제대로 알아볼 수 없었다.

검다고?

……나는 저 녀석을 안다.

분명, 고블린과 코볼트처럼 약한 부류의 몬스터와 공존하는 흉악한 몬스터.

한 마디로 그 몬스터의 겉모습을 표현하자면 검은 털을 지닌 사벨타이거다.

"그르르르르르르—!"

풋내기 모험가의 천적, 초보자 킬러가 나타난 것이다.

"위즈, 위즈! 어떻게, 어떻게 좀 해봐!"

"카즈마! 저격해요, 저격! 아직 거리가 있어요. 저격으로 해치우는 거예요!"

"화살이랑 다른 장비를 두고 왔다고!"

"정말 도움이 안 되는 군요! 방심하는 데도 정도라는 게 있잖아요! 그러니까 레벨이 제 반밖에 안 되는 거라고요!"

"이 자식! 너 때문에 저 자식이 나타난 거잖아! 확 드레인으로 마력을 빼앗은 후 버리고 가버린다?!"

"제가 어떻게 할 테니 두 분 다 진정하세요! 저 녀석은 저한테 맡기고 두 분은 물러나 계세요!"

위즈가 다투고 있는 우리를 감싸려는 것처럼 앞으로 나섰다.

나는 하다못해 엄호라도 하기 위해 크리에이트 어스로 눈에 뿌릴 흙을 생성했다.

메구밍은 그런 내 뒤에 딱 붙어 있었다.

……그런데, 초보자 킬러가 다가오고 있는데도 위즈는 마법을 쓰려는 기색조차 보이지 않았다.

"어이, 위즈? 어, 어이! 위즈!"

"아앗!"

나와 메구밍이 보는 앞에서 초보자 킬러가 멍하니 서있는 위즈를 덮쳤다.

몸집이 소만한 초보자 킬러가 덮치자, 위즈는 그대로 지면에 쓰러졌다.

메구밍이 비명을 지르는 가운데, 나는 손에 쥔 흙을 바람 마법으로 초보자 킬러의 눈을 향해 뿌리려고—!

""……어?""

위즈 위에 올라탔던 초보자 킬러가 갑자기 거품을 물면서 쓰러졌다.

초보자 킬러 밑에서 기어 나온 위즈는 멀쩡했다. 아까 초보자 킬러가 그녀를 덮치면서 발톱으로 공격을 했는데도 말이다.

"……그러고 보니 리치에게는 일반적인 물리공격이 효과가 없어요. 그리고 상대의 마력과 생명력을 빨아들이는 드레인 터치를 비롯해, 공격해온 상대를 상태이상 상태로 만드는 특수능력을 지녔죠. 독과 마비, 졸음과 저주. 위즈에게 있어 초보자 킬러는 마법을 쓸 필요도 없는 상대인 거예요."

리치는 정말 엄청나네.

평소 아쿠아에게 박해당하거나, 바닐이 쏜 광선에 맞고 타들어가던 모습이 마치 거짓말 같았다.

"휴우……. 그럼 마을로 돌아갈까요?"

그렇게 말하면서 안도 섞인 한숨을 내쉰 위즈는 옷에 묻은 흙을 털면서 미소 지었다.

4

우리가 마을로 돌아가 보니 환락가 한가운데에 사람들이 모여 있었다.

"무슨 일이지? 이벤트라도 하는 건가?"

"글쎄요. 관광지니까, 관광객을 즐겁게 해줄 곡예사가 있는 걸지도 몰라요."

흥미가 생긴 나와 메구밍이 그쪽으로 가보니―.

"……저분은 아쿠아 님이시군요. 뭘 하고 계신 걸까요?"

인파의 중심에는 아쿠아가 있었다.

대체 뭘 하고 있는 건지는 모르겠지만, 나무 상자 위에 올라선 아쿠아는 확성기 같은 물건을 들고 있었다. 그런 그녀 옆에는 얼굴을 새빨갛게 붉힌 채 부끄러워하는 다크니스가 있었다.

분명 바람 마법이 걸려 있는 마도구일 것이라고 생각되지만, 저걸로 대체 뭘 하려는 거지?

우리가 품은 의문에 답하듯, 아쿠아는 큰 목소리로 연설을 시작했다.

"친애하는 아쿠시즈 교도들이여! 이 마을에서는 현재 마왕군에 의한 파괴활동이 펼쳐지고 있습니다!"

그 말을 듣고 다크니스는 부끄러운지 고개를 푹 숙였다.

"구체적으로 설명하자면, 그들은 이 마을의 온천에 독을 탔습니다! 이미 많은 온천에서 파괴공작이 이뤄진 정황을 포착했습니다!"

저 녀석, 아침부터 지금까지 온천을 둘러보고 다닌 건가.

"그런 이야기는 전혀 못 들었는데요? 아까도 이 온천에 들어갔지만 아무렇지도 않다고요."

구경꾼 중 한 명이 아쿠아에게 물었다.

그러자 아쿠아는 고개를 끄덕이며 말했다.

"그건 제가 온천의 독을 정화했기 때문입니다. 이 일대의 온천은 전부 제가 정화했습니다. 하지만 아직 안심할 수는 없습니다. 그래서 여러분에게 부탁드릴 게 있어요! 이 사건이 해결될 때까지 온천에 들어가지 말아주셨으면 해요!"

아쿠아가 그렇게 말하자, 주위 사람들이 술렁거렸다.

그러자 아쿠아는 옆에 서있는 다크니스를 쿡쿡 찔렀다.

그러자 다크니스는 몸을 부르르 떨더니, 금방이라도 울음을 터뜨릴 것 같은 표정으로 무슨 말을 하려다 또 입을 다물었다.

포장마차를 끌고 가던 아저씨가 말했다.

"프리스트 아가씨. 여기는 온천 마을이야. 이 마을의 자랑거리인 온천에 들어가지 말라고 하면 이 마을 자체가 망하고 말 걸?"

"맞아. 그리고 마왕군이 왜 이 마을의 온천에 독을 타냐고."

다른 구경꾼들이 그런 소리를 했다.

"그건! 이 마을의 관광자원인 온천을 못 쓰게 만들어서, 아쿠시즈 교단의 재정 상황을 악화시키기 위한 것입니다! 마왕군은 아쿠시즈 교도인 여러분을 두려워하고 있는 거죠! 저는 온천에 들어갈 수 없는데 다른 사람들만 들어가는 게 샘이 나서 이런 소리를 하는 게 아니에요! 자, 경건한 아쿠시즈 교도 여러분은……."

바로 그때였다.

"아앗! 여기 있었구나! 어이, 너! 우리 여관의 온천에 무슨 짓을 한 거야?! 온천물이 맹물이 되어버렸잖아!"

온천 여관의 주인으로 보이는 남자가 구경꾼들로부터 조금 떨어진 곳에서 아쿠아를 노려보고 있었다.

그 남자 외에도 험악한 표정을 지은 남자들이 줄지어 서 있었다.

"맞아! 이런 곳에 있었구나! 어이, 다들! 저 녀석을 잡아 줘! 저 녀석은 마을 안의 온천을 전부 맹물로 바꾸며 다니고 있는 악당이야!"

"그래! 아쿠시즈 교단의 본거지인 이 온천 마을을 박살내기 위해 파견된 마왕군의 앞잡이일지도 몰라!"

말도 안 되는 상황이 벌어졌다.

인마, 온천을 지키겠답시고 직접 온천을 맹물로 만들어버리면 어쩌냐고.

"아아, 아냐! 내가 그런 데에는 이유가 있어! 저기, 다들 들어봐! 실은 내가 정화한 온천에는 독이 섞여 있었어! 어쩌면 독이 없는 온천도 정화했을지도 모르지만, 그래도 전부 너희를 위해서……."

"그게 사실이면 미리 말이라도 해줬어야 할 거 아냐! 아무리 온천을 정화해도 그렇지 이렇게 많은 온천을 간단히 정화할 수 있을 리가 없어! 그리고 너는 아무도 없는 틈을 노려 온천에 들어갔다면서?! 사람이 없을 때 온천의 물을 멋대로 뺀 후, 몸 씻을 때 쓰는 평범한 온수를 집어넣은 거지?!"

"아아아, 아냐—! 내가 정화하는 모습을 보면, 다들 내 정체를 눈치챌 거야! 그랬다간 엄청난 소동이 벌어질 테니까……!"

앗, 큰일 났다!

이대로 놔뒀다간 분명 쓸데없는 소리를 할 게 뻔했다.

"어이, 메구밍! 위즈! 저 두 사람에게 들키지 않게 이 자리를 벗어나자! 타인인 척 하는 거야!"

"예엣?! 못 본 척 하겠다는 건가요?! 이 상황을 수습할 수 있는 사람은 카즈마뿐이라고요! 어떻게 좀 해봐요!"

"아쿠아 님이 금방이라도 울음을 터뜨릴 것 같아요! 카즈마 씨, 이대로 뒀다간……!"

그런 두 사람의 말을 들은 나는 떨어진 곳에 있는 아쿠아를 쳐다보았다.

여관 주인 중 한 명이 아쿠아를 향해 언성을 높이고 있었다.

"그 엄청난 소동이라는 건 이미 벌어지고 있다고! 대체 네 정체가 뭔데?! 혹시 진짜로 마왕군 관계자 아냐?!"

"뭐어?! 아, 아냐! 저기, 다크니스! 계속 굳어있지 말고 말해! 아까 의논한 대로, 내 옆에서 말 좀 해보라구! 아쿠시즈

교를! 아쿠시즈교를 잘 부탁합니다, 하고 말이야! 말해! 부
끄러움 타지 말고 빨리 말하라구!"

"아, 아쿠시즈교를…… 잘 부탁…… 합니다……."

얼굴이 새빨개진 다크니스는 많은 구경꾼에게 둘러싸인
상태에서 중얼거리는 목소리로 말했다.

……불쌍해.

"아아, 정말! 좋아, 이렇게 됐으니 내 정체를 밝히겠어! 이
자리에 모인 경건한 아쿠시즈 교도들이여! 내 이름은 아쿠
아! 너희가 숭배하는 존재, 물의 여신 아쿠아야! 나의 귀여
운 신자들이여! 너희를 돕기 위해 내가 직접 이렇게 온 거라
구!"

나무 상자 위에 선 아쿠아는 큰 목소리로 결국 말하고 말
았다.

지금까지 상황을 지켜보던 청중들이 그 말을 듣자마자 침
묵에 잠겼다.

"……좋아. 가자. 메구밍, 서둘러."

"……큰일 났네요. 아까까지는 수습할 여지가 있었지만,
이렇게 되면 무리예요. 도망치죠!"

"자, 잠깐만요! 카즈마 씨?! 메구밍 양! 아쿠아 님과 다크
니스 양은……!"

나와 메구밍이 몰래 이 자리를 벗어나고 있을 때, 느닷없
이 폭언이 울려 퍼졌다.

"닥쳐, 이 괘씸한 녀석아!"

"푸른 머리카락과 푸른 눈동자를 지녔다고 자기가 아쿠아 님이라고 우겨?! 천벌 받고 싶어 환장했나 보네!"

"멍석말이다! 멍석말이를 한 후, 호수에 던져버려! 물의 여신 아쿠아 님이라면 호수에 빠져도 괜찮겠지!"

"우에에에에에엥! 하지 마! 진짜야! 나는 진짜로 신이라구!"

"아앗! 도, 돌을 던지는 건……! 그, 그만……! 아쿠아, 내 뒤에 숨어라!"

""…………""

"자, 잠깐만요! 두 분, 어디 가시는 거예요! 아앗, 아쿠아 님이……!"

나와 메구밍은 돌팔매질을 당하고 있는 아쿠아와 다크니스를 내버려둔 채, 부리나케 도망쳤다.

─마을 안을 빙 둘러서 숙소로 돌아가 보니, 이미 아쿠아 가 돌아와 있었다.

"우에에에에에엥~!"

아쿠아는 하염없이 울고 있었다.

이 녀석은 이 마을에 온 후로 시도 때도 없이 울어대고 있는 느낌이 들었다.

"아, 아쿠아 님, 따뜻한 우유예요. 이거라도 마시고 마음 을 진정시키세요……."

위즈는 여자들이 머무는 큰 방 중앙에서 울고 있는 아쿠아를 달래고 있었다.

옆에는 몸 곳곳에 상처가 났지만 어째선지 얼굴에서 윤이 나는 다크니스가 만족스러운 표정으로 홍차를 마시고 있었다.

우리가 도망친 후에 돌팔매질을 당하면서 매도를 당했지만, 이 괴짜는 이 마을이 진짜로 마음에 든 것 같았다.

확 이 녀석을 이 마을에 두고 가버릴까.

"너무해애애애! 나, 사람들을 위해 최선을 다했는데! 왜 내 신자들에게 돌팔매질을 당해야 하는 거야?! 우에에에에엥~!"

"아쿠아 님, 지, 진정하세요! 안 그러시면 흥분한 아쿠아 님의 신기(神氣)에 닿은 제가 서서히 소멸할 거라고요—!"

당황한 위즈가 아쿠아에게 따뜻한 우유를 내밀었다.

아쿠아는 그 우유를 보더니, 코를 훌쩍이면서—.

"……술 마시고 싶어."

"너, 실은 딱히 개의치 않는 거지?"

위즈가 허둥지둥 술을 구하러간 사이, 아쿠아는 너무 울어서 퉁퉁 부은 얼굴을 들었다.

"아무튼 간에 이 마을에서 파괴공작이 벌어지고 있는 것은 틀림없어. 내가 돌아본 온천 중 몇 곳은 심각하게 오염되어 있었단 말이야. 손님이 그 온천에 들어갔다가 병에 걸렸을 거야."

"프리스트로서의 실력 하나만큼은 뛰어난 아쿠아가 저렇게까지 말하는 걸 보면 사실이겠지. 하지만 범인을 특정 지을 수 없는 이 상황에서는 손쓸 방법이 없다."

"그래요. 일단 모험가 길드나 온천을 관리하는 협회에 보고하고 뒷일을 맡길 수밖에 없지 않을까요?"

다크니스와 메구밍이 그렇게 말하자, 아쿠아는 분해 죽겠다는 듯이 이를 갈았다.

아쿠시즈 교단과 얽힌 일이기에 직접 해결하고 싶은 것 같았다.

하지만 아무리 소중한 신자들이라고 해도 이런 짓을 당해가면서까지 구해줄 필요는 없을 것 같은데 말이야.

"으으…… 하지만 이대로 있다간 내 귀여운 신자들이……!"

아쿠아는 울먹거리면서 테이블 가장자리를 움켜쥐었다.

어쩔 수 없지…….

"내일은 나도 협력해줄게. 그 대신 전투가 벌어지는 건 피해줘. 범인을 찾으면 뒷일은 모험가 길드에 맡기는 거다. 알았지?"

내가 그렇게 말하자, 아쿠아의 얼굴이 환해졌다.

5

"그럼 저는 숙소에서 대기하고 있을게요. 여러분, 조심해서 다녀오세요!"

다음날 아침.

우리는 위즈에게 배웅을 받으면서 이 마을의 모험가 길드로 향했다.

위즈에게는 연락책으로서 남아달라고 했다.

흩어져서 정보를 모으다가 무슨 일이 있으면 서로에게 연락을 해야 하기 때문에 연락책이 필요했다.

위즈를 숙소에 남겨둔 후, 우리 네 사람은 온천이 밀집된 지역으로 향했다.

"하지만 범인을 어떻게 찾지? 수상한 녀석을 발견하더라도 그 녀석이 온천에 독을 타는 광경을 봐야 범인으로 단정지을 수 있을 거야."

나는 범인이 누구인지 이미 짐작이 되었다.

우리가 머물고 있는 여관에 있던 그 거무스름한 피부를 지닌 갈색 머리 남자가 범인일 것이다.

그 후, 여관에서는 그 누님과 남자를 보지 못했다.

누님은 이곳에서 탕치를 할 수 없다고 말했으니, 어쩌면 이 마을을 떠났을지도 모른다.

그렇다면 그 남자가 단독으로 암약하고 있다고 봐야……

"흐흥, 나한테 맡겨줘! 실은 범인을 찾기 위해 이미 손을 써뒀어! 잘 들어. 범인은 말이야, 하루에 몇 번이나 온천에 들어갔을 거야. 왜냐면 온천에 독을 타기 위해서는 손님으로서 들어가는 게 가장 좋을 테니까 말이야."

웬일로 머리를 쓴 아쿠아는 가슴을 펴면서 그렇게 말했다.

"그래서 온천 여관 사람들에게, 어떤 손님이 왔었는지 가르쳐달라고 부탁하면서 앙케트 용지를 배포해뒀어."

"너, 이번에는 엄청 열성적이네……."

그 만큼 자기 신자가 귀여운 거겠지만, 나는 평소에도 이렇게 열심히 해줬으면 좋겠다고 생각했다.

"흐음. 아무리 관광객이거나 온천을 좋아하는 사람이라도 하루에 몇 번씩, 여러 온천에 들어가지는 않을 테죠. 각 온천에서 많이 목격된 사람의 특징을 가르쳐달라고 해서 범인을 압축하려는 거군요."

눈치 빠른 메구밍이 고개를 끄덕이면서 말했다.

"그리고 미심쩍은 인물이 목격된 여관에서 소동이 일어난다면 범인이 틀림없는 거구나."

다크니스도 감탄한 표정을 지으며 말했다.

"바로 그거야! 자, 부탁해뒀던 여관에 가서 앙케트를 회수하자!"

정말, 평소에도 이렇게 열성적이면 얼마나 좋을까.

그리고 우리는 아쿠아가 이렇게 하이스펙이라는 사실을 알고 놀랐다.

우리는 여러 여관을 돌아보면서 앙케트 용지를 회수했다.

그리고 이 마을의 공원에 모여 벤치 위에 앙케트 용지를 펼쳐두고 집계했다.

"—앙케트 결과가 나왔어! 온천 여관에 가장 많이 드나든 인물의 특징은—."

『머리카락과 눈동자가 물빛이며, 연보라색 날개옷을 걸친 여자』

"범인은 바로 너구나."

"아냐! 잠깐만 있어봐. 나도 자주 온천에 드나들었지만 정화를 위해서 그런 거야! 문제가 발생한 여관의 앙케트를 봐. 거기에 마지막으로 들어간 손님의 특징이 적혀 있을 거야. 마지막으로 들어간 사람이 가장 수상하다구!"

아쿠아의 말에 따라, 문제가 발생한 여관의 온천에 마지막으로 들어간 손님의 특징을 조사해봤다.

『머리카락과 눈동자가 물빛인 여자가 온천물을 맹물로 바꿨…….』

"……너잖아."

"뭐야! 이거, 전혀 도움이 안 되잖아!"

"아니, 잠깐만 있어보세요."

열 받은 아쿠아가 앙케트 용지를 찢으려고 하자, 메구밍이 말렸다.

평소와 달리 진지한 표정을 지은 메구밍이 앙케트 용지를 보면서 말했다.

"여기 적힌 『피부가 거무스름하고 갈색 단발머리의 남자』. 이 사람은 아쿠아 다음으로 여러 온천에서 목격됐는데, 남자 중에 이렇게 목욕을 좋아하는 사람이 있을까요?"

어이쿠, 역시 지능 **만큼**은 좋다고 알려진 홍마족답군.

"역시 그 녀석이 범인이구나. 근육질에 키도 큰 녀석이야."

메구밍에게서 앙케트 용지를 받은 내가 별 생각 없이 그렇게 말하자……

"……잠깐만 있어봐. 역시 그 녀석이 범인이라는 게 무슨 소리야? 카즈마가 어째서 그런 걸 알고 있는 건데? 혹시 말로는 싫다면서도 내가 걱정되어서 몰래 조사했던 거야? 그런 거야? 혹시 카즈마 씨는 츤데레?"

아쿠아는 눈을 반짝이면서 기대에 찬 얼굴로 말했다.

"아니, 우리가 처음 이 마을에 왔을 때, 그 녀석이 온천에서 하는 말을 우연히 들었어. 『이 지긋지긋한 교단도 이걸로 끝이다. 비탕(秘湯)의 파괴공작은 이미 끝났다. 지금쯤이면 다른 온천에서도 순조롭게 파괴 공작이 진행되고 있겠지. 전부 뜻대로 된다면, 그 후에는 기다리기만 하면 된다. 기나

긴 수명을 지닌 우리에게 10년 20년 정도 기다리는 것은 일도 아니지』라고 말했거든. 그 덕분에…… 우왓! 뭐하는 거야?!"

내 말을 들은 아쿠아가 느닷없이 내 목을 조르기 시작했다.

"너, 왜 그런 중요한 이야기를 이제야 하는 거야! 그 이야기를 해줬으면 이런 고생을 안 했을 거 아냐!"

"어이, 그만해! 이번에는 탕치를 하러 온 거잖아?! 왜 매번 골치 아픈 일에 휘말려야 하는 거냐고! 이런 귀찮은 일에 일부러 고개를 들이밀 필요는 없잖아!"

"이 남자, 이딴 소리를 하면서도 전혀 부끄러워하지 않아요! 카즈마는 자기가 모험가라는 자각이 있기는 한 거예요?! 그건 마왕군이 흉계를 꾸미는 게 틀림없잖아요!"

"아쿠아, 내가 이 쓰레기를 잡고 있겠다! 자기 잘못을 깨닫게 해줘라!"

"그, 그만해! 한 판 뜨자는 거야?! 그럼 나한테도 생각이 있다고!"

6

"으으……. 지독하게 당했네요……. 자기가 잘못해놓고 거꾸로 화를 낼 줄은 몰랐어요……."

드레인 터치로 마력을 전부 빼앗겨 꼼짝도 못하게 된 메구밍이 내 등에 업힌 채 원망 섞인 목소리로 말했다.

"정말 이 남자는 악랄하기 그지없구나……."

크리에이트 어스와 워터의 세트 마법에 의해 얼굴이 진흙 범벅이 된 다크니스가 지친 목소리로 동의했다.

그런 우리 앞에서, 프리즈 때문에 머리카락에 서리가 생긴 아쿠아가 한 장의 종이를 내밀고 있었다.

우리는 현재 이 마을의 모험가 길드에 와있었다.

앙케트를 통해 알게 된 그 남자의 특징과 내 증언을 통해, 아쿠아는 사진이라고 해도 될 수준의 몽타주를 그렸다.

그리고 이 몽타주를 이용해 범인을 수배해달라고 모험가 길드에 부탁하러 왔지만—.

"이러시면 곤란합니다. 여러분의 일방적인 주장만으로 이 사람을 수배하는 건 무리예요. 이 마을에서 오랫동안 활약하며 신용을 쌓은 모험가라면 몰라도, 잘 알지도 못하는 여러분의 말을 그냥 믿을 수는 없으니까요. 확실한 증거라도 가지고 오셔야……."

길드 카운터의 직원은 난색을 표했다.

뭐, 잘 알지도 못하는 우리가 느닷없이 이 남자를 수배해달라고 말해본들 받아들여질 리가 없다.

바로 그때, 아쿠아가 길드 직원을 향해 얼굴을 내밀었다.

"저기~! 이 마을에 사는 걸 보면 너도 아쿠시즈 교도 아냐? 내 얼굴을 잘 봐! 어디서 본 적 있지 않아?"

"……예? 저는 아쿠시즈 교도가 아닙니다만, 확실히 어딘가에서 당신을 본 듯 한데……. 앗! 환락가에 있는 그 가게의 넘버 투인……!"

"아냐! 너, 천벌 받고 싶어?! 나는 그런 이상한 가게에서 일한 적 없어! 그리고 넘버 투라니까 미묘하게 화가 나네!"

아쿠아가 이상한 이유로 화를 내고 있을 때, 나는 문득 좋은 생각이 났다.

우리에게는 자신의 신자들로 넘쳐나는 이 마을에서도 거짓말쟁이 취급을 당하는 자칭 여신보다 지명도가 높은 녀석이 있는 것이다.

"어이, 메구밍. 맞장구 좀 쳐줘."

"맞장구? 느닷없이 무슨 소리를 하는 거예요?"

나는 내 등에 업힌 메구밍에게 그렇게 말했다. 그리고 메구밍이 자기 발로 설 수 있도록 드레인 터치로 마력을 나눠 줬다.

영문을 모르겠다는 표정을 짓고 있는 메구밍을 내려놓은 후, 나는 다크니스의 등을 밀어 앞으로 나서게 했다.

"여기 계신 이 분이 누구인지 알고 그딴 소리를 하는 것이냐! 『왕국의 기둥』으로 유명한, 대귀족 더스티네스 가문의 영애! 더스티네스 포드 라라티나 님이시다! 그런 분을 수상한 모험가 취급하다니 정말 무례하구나!"

""예엣?!""

길드 직원뿐만 아니라 다크니스도 경악했다.

내 생각을 눈치챈 메구밍이 다크니스의 옆에 서면서 말했다.

"자, 아가씨. 더스티네스 가문의 증표인 그것을 저 머리가 굳은 직원에게 보여주시죠!"

"뭐?! 메, 메구밍까지……! 으으……. 이럴 때 가문의 이름을 꺼내는 건 좀……."

귀족의 권력을 휘두르는 게 싫은지 다크니스는 몸을 움츠리면서 주섬주섬 품속에서 펜던트를 꺼냈다.

그것은 내 재판 때도 꺼내들었던 그 펜던트였다.

"그건! 시시, 실례했습니다! 즉시 이 남자를 수배하겠습니다!"

펜던트의 효과는 끝내줬다. 그 직원은 허둥지둥 아쿠아에게서 몽타주를 건네받았다.

"역시 다크니스! 귀족의 권력이란 건 이럴 때 휘두르는 거구나!"

"아, 아쿠아! 그런 말을 큰 목소리로 하지 마라!"

"—그, 그럼! 더스티네스 경의 지시에 따라 이 남자를 수배했습니다. 무슨 일이 생긴다면 묵고 계신 여관으로 연락을 드리겠습니다!"

"으, 음. 알았다. 잘 부탁하마."

길드를 나서는 우리를 향해 그 직원은 몇 번이나 고개를 숙여댔고, 그때마다 다크니스는 미안한지 몸을 움츠렸다.

나는 그런 다크니스의 뒤편에서 말했다.

"아, 그리고 이 일 관련으로 들어간 경비는 전부 더스티네스 가문에 청구해."

"뭐?!"

                              7

수배를 마친 우리는 숙소로 향했다.

"네놈은 정말! 네놈은 정말!!"

다크니스는 아직도 화를 내고 있었다.

"하아. 그래. 내가 잘못했어. 그럼 수배에 든 경비는 아쿠아에게 내게 할게."

"뭐어?! 내가?!"

"문제는 그게 아니다! 내 가문의 이름을 아무데서나 써대면 곤란하단 말이다⋯⋯!"

"어이, 아쿠아. 다크니스의 집은 방탕한 딸내미를 먹여 살리느라 많이 힘든 것 같으니까, 그냥 내줘. 이건 네 교단을 구제하기 위한 경비잖아."

"응⋯⋯. 알았어. 어쩔 수 없네. 다크니스네 집은 많이 힘든 것 같으니까, 내가 낼게."

"크아아아아아아아앗!"

"우왓?! 뭐, 뭐하는 거야?! 그만해!"

느닷없이 달려드는 다크니스를 피한 나는 그녀의 공격에 대비했다.

"정말, 두 사람 다 뭐하는 거예요. 남들이 쳐다보잖아요. 아무튼 다크니스도 일단은 귀족 가문의 영애니까 좀 더 정숙하게……."

"아무튼?! 일단은?! 나는 어엿한 귀족 가문의 영애다! 아아, 정말……!"

"너, 디스트로이어와 싸웠을 때를 비롯해서, 때때로 전혀 도움이 안 될 때가 있잖아. 그러니 이럴 때는 서민을 지키는 귀족다운 짓을 하는 게 어때?"

"쓸데없는 참견이다! 이 자식! 아까부터 나를 바보 취급하다니!"

"어이쿠, 공격이 너무 단조롭잖아! 서툴고 느려터진 네 공격에 내가 맞을 것 같냐?!"

"죽여주마!"

"시끄러워요! 그리고 남들이 쳐다본다고요!"

나한테 잔뜩 놀림을 당한 다크니스는 무시무시한 소리를 하면서 거친 숨을 내쉬다가 겨우 마음을 진정시켰다.

"하아. 내가 귀족이라는 걸 알고도 나를 대하는 태도가 전혀 바뀌지 않는 녀석은 흔하지 않다."

다크니스는 지긋지긋하다는 투로 그렇게 말한 후—.

"그 어떤 인간도 말로는 신경 쓰지 않는다고 하면서도 조금은 나를 신경 쓴다만……"

자신이 귀족이라는 사실을 알고도 이런 식으로 아무렇게나 대한다는 사실을 기뻐하는 것처럼 그렇게 중얼거렸다.

"귀족이든 뭐든 다크니스는 다크니스예요. 태도 따위를 바꿀 리가 없잖아요. 게다가 홍마족은 권위 따위에 굴하지 않는 종족이에요. 귀족과 왕에게도 반말을 할 정도라고요."

"메구밍……"

"내가 살던 나라에서는 말이야. 정치가에게 불평불만을 늘어놓는 녀석이 잔뜩 있어. 그리고 나는 신분 차이를 신경 쓰지 않고 남녀 차별도 하지 않는 남자지. 네가 가난뱅이 귀족이라고 응석을 받아주지는 않을 거라고."

"카, 카즈마까지……. 아니, 잠깐만. 너, 방금 나를 가난뱅이 귀족이라고 말하지 않았느냐?"

다크니스가 진지하기 그지없는 표정으로 내 뒷목을 움켜잡았다.

나는 그런 다크니스의 말에 개의치 않으면서 가장 뒤편에 선 아쿠아를 돌아보았다.

"어이, 아쿠아. 너도 이 녀석에게 한 마디 해줘. 언제까지 신분 차이 같은 걸 신경 쓰고 있을…… 거냐고……. 잠깐만. 너, 뭘 만들고 있는 거야?"

나는 하던 말을 멈추고, 아쿠아가 걸음을 옮기면서 만들고 있는 것을 쳐다보았다.

어디서 난 것인지는 모르겠지만 그녀가 들고 있는 것은 점토였다.

아쿠아는 그것으로 열심히 뭔가를 만들고 있었다.

"이거? ……실은 말이야. 아까 다크니스가 보여줬던 펜던트를 만들어봤어. 어때, 똑같지? 이것만 있으면 언제 어디서나 다크니스네 집 애라고 주장하면서, 그 어떤 억지를 부릴 수…… 아아아아아~?!"

다크니스가 아쿠아가 만든 점토를 집어던졌다.

"―어서 와요! 어떻게 됐나요?"

나는 숙소에서 우리를 맞아주는 위즈에게 자초지종을 설명했다.

길드에 수배서를 전달해서 각 온천에 배포했으니, 이제 우리가 할 수 있는 일은 없다.

그 남자도 함부로 온천에 접근하지 않을 것이며 마을 안을 돌아다니는 것도 힘들 것이다.

남은 것은 처음 예정대로 느긋하게 온천을 즐기기만 하면 된다.

"이러쿵저러쿵 하면서도 꽤 많이 일했네. 그래도 마왕군의 흉계를 사전에 막았으니 잘 됐어. ……어이, 다크니스. 귀족 가문 아가씨인 너는 세상 물정에 어두워서 잘 모르겠지만, 같이 여행을 온 서민 남녀는 한 번 정도는 같이 혼욕을 하는 게 관습이야. 내일 돌아갈 거니까 오늘 같이 혼욕하자."

"뭐?! 그, 그런 관습이 있다는 이야기는 들어본 적 없다!"

"그러니까 서민들의 관습이라고 말했잖아. 귀족인 너는 알 리가 없지. 서민인 우리와 너 사이의 벽을 진짜로 없애고 싶다면 관습에 따르라고."

"저, 정말 그런 관습이 있는 것이냐……?!"

"그딴 거 없어요."

메구밍의 태클을 듣고 얼굴을 새빨갛게 붉히면서 달려드는 다크니스를 상대해주고 있을 때, 누군가가 우리 방의 문을 허둥지둥 노크했다.

"네~. 누구세요?"

아쿠아가 문을 열자, 아까 모험가 길드에서 우리를 상대했던 직원이 여기까지 필사적으로 뛰어왔는지 거친 숨을 내쉬고 있었다.

"무, 무슨 일이야?"

내가 불길한 예감을 느끼면서 직원에게 묻자—.

"큰일 났습니다! 온천이……! 온 마을의 온천에서 오염된 물이 나오고 있습니다……!"

제5장 이 부정한 온천 마을에 여신을!

1

온 마을의 온천이 오염된 다음 날.

아침 식사를 마친 우리는 여성들이 묵고 있는 방에 모였다.

"원천(源泉)에 문제가 생긴 것 같아."

어제 하루 종일 마을 안의 온천을 정화하러 다녔던 아쿠아가 그렇게 말했다.

오염된 물이 나온 건 일시적인 일이었던 것 같았다.

마치 실험이라도 하고 있는 것처럼 잠시 동안 오염된 물이 나온 후, 금방 멎은 것 같았다.

길드 직원의 보고를 받자마자 튀어나간 이 녀석은 마을 안을 누비면서 온천을 정화했다.

"원천? 그건 아쿠시즈 교단의 뒤편에 있는 산에 있었지?"

아쿠아는 내 말을 듣고 고개를 끄덕였다.

아쿠시즈 교단 본부의 뒤편에는 이 마을 재정의 생명선이라고 할 수 있는 원천이 나오는 산이 있다.

그런 만큼 그 산은 엄중하게 관리되고 있으며, 그렇게 간단히 침입할 수는 없을 거라고 생각하지만…….

"확실히 이 짧은 시간에 온천 하나하나에 독을 타는 것은 무리일 거예요. 수배를 당한 탓에 초조해진 상대가 원천을 오염시켰다. 그렇게 생각하는 게 타당하겠죠."

확실히 원천에 독을 넣는 편이 손쉬운 것은 틀림없다.

"하지만 문제는 엄중하게 관리되는 장소에 어떻게 침입했냐는 거군요……."

위즈가 미간을 찌푸리며 그렇게 말하는 가운데ㅡ.

"카즈마, 아까부터 먹고 있는 그건 뭐지? 나도 맛 좀 보자."

다크니스가 내가 먹고 있던 피자와 비슷하게 생긴 이쪽 세계의 정크 푸드를 한 조각 쥐었다.

………….

"너, 요즘 들어 아쿠아보다 더 바보처럼 보여."

"뭐?!"

다크니스가 쥐고 있던 피자 비슷한 것을 입에 넣기 전에 떨어뜨렸다.

그녀는 경악에 찬 표정을 지은 채, 딱딱하게 굳어 있었다.

"잠깐만. 그렇게 말하니까, 평소의 내가 엄청난 바보라는 것처럼 들리는데?"

"그렇게 말한 거야. ……아앗, 그만해! 미안, 사과할게. 이번에는 네가 꽤 활약하고 있고, 머리도 잘 쓰고 있어! 사과할 테니까 내 피자를 돌려줘!"

내가 아쿠아와 피자 쟁탈전을 벌이고 있을 때 다크니스가 벌떡 일어났다.

"……원천이라고 했지? 어이, 카즈마. 놀고 있지 말고 빨리 가자! 원천에 말이다! 교단 본부 뒤편에 있는 산에 가서 조사하는 거다!"

텐션이 꽤나 올라간 다크니스가 그렇게 말했다.

아무래도 이번에는 가문의 힘이 좀 도움이 됐지만, 그녀 본인이 변변찮은 활약을 하지 못한 것을 신경 쓰는 걸지도 모른다.

"좋아. 그럼 그 원천이라는 곳에 가보자."

2

아쿠시즈 교단의 본부인 대교회의 왼편에는 이 마을의 수원이기도 한 거대한 호수가 있다.

그리고 교회의 뒤편에는 원천이 샘솟는 산이 있다.

원천으로 이어지는 길은 이 마을의 기사단이 엄중하게 지키고 있었다.

"저기, 나는 아쿠시즈교의 아크 프리스트야! 자, 이것 좀 봐. 내 모험가 카드를 잘 보라구!"

아쿠아는 경비를 서고 있는 기사의 얼굴에 자신의 모험가 카드를 들이댔다.

우리는 원천이 샘솟는 산 입구에서 발이 묶이고 말았다.

"아무리 아쿠시즈교의 아크 프리스트일지라도 통과시킬 수는 없어요."

"예. 이 안에는 온천 관리인만 들어갈 수 있습니다."

기사들은 아쿠아의 카드를 쳐다보려고도 하지 않았다.

두 기사는 우리의 옷차림을 보더니 불신감을 얼굴에 드러 냈다.

우리는 전투가 벌어질 경우에 대비해 완전무장을 하고 왔다.

그런 차림으로 갑자기 나타난 녀석들이 통과시켜달라고 해봤자 통과시켜줄 리가 없다.

"경건한 아쿠시즈 교도들이여⋯⋯. 잘 들으세요. 이것은 필수 불가결한 일이에요. 올바른 행위예요. 당신들이 우리 를 통과시킴으로서 이 마을이⋯⋯."

""아, 우리는 에리스 교도예요.""

"이유가 뭐야~! 이 마을에서 사는 주제에 에리스 교도라 구?! ⋯⋯저기, 부탁이야. 통과시켜줘! 이 앞에 있는 원천이 위험해! 이 마을을 위한 일이야! 나⋯⋯, 나는⋯⋯! 이 마을 을 구하고 싶은 것뿐이란 말이야!"

아쿠아는 기사 중 한 명에게 매달리더니 애걸복걸했다.

나에게는 좋은 생각이 있었지만, 상황이 재미있게 돌아가 고 있었기에 잠시 동안 그냥 지켜보기로 했다.

"절대 안 됩니다. 자, 돌아가세요!"

"앗! 잠깐만! 너, 은근히 잘생겼네! 얼굴이 레드 드래곤을 닮았어!"

"그 말은 내가 도마뱀 면상이라는 소리냐!"

애걸복걸이 통하지 않자, 칭찬 러시로 작전을 변경한 것 같았다.

"……알았어. 너희가 통과시켜주지 않는다면, 저쪽에 있는 아쿠시즈 교회에 가서 에리스 교도인 너희한테 심한 소리 들었다고 하소연할 거야!"

"말도 안 되는 소리 하지 말라고!"

"젠장, 이래서 아쿠시즈 교도는 질이 나쁘다는 소리를 듣는 거야! 그리고 그 파란색 머리카락과 눈동자! 너, 얼마 전에 온천물을 맹물로 바꾸며 돌아다녔다는 사람 아냐?!"

"아, 아냐! 나는 그저 온천물을 정화했을 뿐……!"

"역시 너냐! 그럼 더욱 통과시킬 수는 없지! 자, 빨리 돌아가!"

아쿠아는 협박까지 해봤지만 결국 내쫓기고 말았다.

"이렇게 될 줄 알았어. 좋아. 그럼 가자, 다크니스. 네가 나설 얼마 안 되는 기회야."

"얼마 안 되는?! 어이, 나도 때로는 도움이 되고 있단 말이다! 미, 밀지 마라!"

내 옆에 있던 메구밍은 내가 지금부터 뭘 할 생각인지 눈치챈 것 같았다.

"이 분이 누구인지 모르는 건가요?! 대귀족, 더스티네스 가문의 영애, 더스티네스 포드 라라티나 아가씨예요! 이건 긴급한 용건이며 이 마을과도 깊이 관련된 중대한 일이에요!"

"" "뭐?!""

"그렇습니다. 그리고 이건 더스티네스 가문의 명령이라고 생각해줬으면 합니다. 어제 발생한 이 마을 온천의 오염 소동은 누군가가 온천에 독을 푼 게 아니라, 원천 자체가 오염 되었을 가능성이 큽니다. 우리는 아가씨의 명을 받들어, 이렇게 조사를 하러 온 겁니다."

나한테 밀려 앞으로 나선 다크니스는 가슴 언저리에 숨겨 둔 펜던트를 움켜쥐었다.

"확실히 긴급사태이기는 하지만, 이런 식으로 권력을 행사 하는 건……!"

다크니스가 뭐라 말을 하려 하자, 나는 뒤편에서 그녀를 꽉 잡았다.

"자, 아가씨. 가슴 언저리에 숨겨둔 펜던트를! 아가씨, 저항하지 마시고, 아가……! 어이, 빨리 꺼내라고, 이 아가씨야!"

"카즈마, 꽉 잡고 있어! 지금 내가……, 앗! 아야야, 다크니스, 아파! 위즈~! 메구밍~! 빨리 꺼내! 이틈에 펜던트를 꺼내라구!"

"위즈, 오른손을 잡아주세요! 아쿠아는 그대로 왼손을……, 자, 아가씨! 저항해봤자 소용없어요!"

"미, 미안해요! 다크니스 양, 미안해요!"

"너희들, 그만……! 더, 더스티네스 가문은 권력을 부당하게 사용하지……! 아앗?!"

메구밍이 펜던트를 빼앗더니, 기사들에게 보여줬다.

"자, 봤죠?! 이제 통과시켜 주실 거죠?!"

"시, 실례했습니다!"

"무례를 범해 죄송합니다!"

두 기사가 허둥지둥 비켜섰다. 메구밍은 기사들이 펜던트를 보자마자 태도를 바꾸는 모습이 재미있는지 이렇게 말했다.

"……이거, 한동안 빌려주면 안 될까요?"

"당연히 안 되지. 돌려다오!"

다크니스에게 펜던트를 빼앗긴 메구밍은 풀이 죽었다.

—그런 우리를 지켜보던 기사들이 머뭇거리면서 입을 열었다.

"저, 저기, 더스티네스 님. 방금 원천을 조사하러 오셨다고 하셨죠? 실은 원천의 관리인이 이미 산에 들어갔습니다."

"그리고 원인을 조사해야 하니, 누가 와도 통과시키지 말라고 했습니다만……."

그 말을 들은 우리는 서로를 쳐다보았다.

이 타이밍에?

그 관리인이라는 녀석도 원천이 오염되었을 거라고 생각한 걸까.

……나는 혹시 몰라 기사에게 물어보았다.

"그 관리인은 거무스름한 피부를 지닌 갈색 단발머리 남성이야?"

"아뇨. 금발 노인입니다. 오랫동안 이곳 온천의 관리를 맡아온 분이죠."

아니었구나. ……하지만 그렇다면 그 남자는 대체 어디 간 거지?

겉모습이 꽤 눈에 띄는 편인데다 수배까지 됐으니 슬슬 발견될 때가 된 것 같은데 말이야.

"이 산에는 몬스터도 서식하고 있습니다. 안에 들어가실 거라면 조심하십시오, 더스티네스 님."

3

아직 곳곳에 눈이 남아있는 험준한 산속을 우리는 무성하게 자란 초목을 헤치면서 나아갔다.

온천이 솟는 산이니 유황이 많아 풀이 없을 거라고 생각했지만 실상은 달랐다.

모처럼 온천여행에 와서 왜 등산을 해야만 하는 걸까.

"그건 그렇고, 다크니스 양은 더스티네스 가문의 아가씨였군요~. 지금까지 무례를 범해서 정말 죄송합니다."

한편, 다크니스가 귀족이라는 것을 몰랐던 위즈는 그녀를 향해 깍듯이 고개를 숙이면서 그런 말을 했다.

"괜찮다. 그리고 나는 위즈가 지금까지처럼 나를 대해줬으면 한다. 그 편이 나도 좋거든."

"그런가요? 다크니스 양이 그러길 원하신다면 그렇게 하죠."

그렇게 말하면서 빙긋 웃는 위즈를 본 다크니스는 휴우 하고 한숨을 내쉬었다.

"이게, 제대로 된 사람들의 반응이겠지……. 위즈를 보고 있으면 안심이 된다. 다른 이들은 나를 너무 막 대하거든……."

다크니스는 복잡한 표정을 짓더니, 앞장서서 풀을 헤치면서 그런 소리를 했다.

"너는 정말 귀찮은 여자구나. 귀족 아가씨 대접을 받고 싶은 건지, 동료 대접을 받고 싶은 건지 확실하게 하라고. 뭐, 아가씨 대접을 받고 싶다면 열 받았을 때 말투가 험해지는 버릇과 그 고집불통 같은 성격부터 고쳐."

"귀찮은 여자라고 말하지 마라! 그리고 다른 사람은 몰라도 카즈마한테는 말투를 지적당하고 싶지 않다! 분명 카즈마는 나보다 어리잖느냐?! 그런데 나는 물론이고 다른 사람한테도 반말을 마구 써대고……."

"그야 다크니스를 어엿한 동료라고 생각하기 때문이야. 그래, 연상 귀족 아가씨 라라티나 님이 아니라 믿음직한 크루세이더 다크니스로 말이야."

"……그러하냐. 그, 그렇다면, 뭐……."

볼을 붉힌 다크니스가 기분이 풀렸는지 다시 행군을 시작하자, 나는 낮은 목소리로 중얼거렸다.

"쉽네."

"쉽네요."

"쉬워."

"여, 여러분!"

"……음?"

위즈가 우리를 나무라고 있을 때, 앞장서서 걷던 다크니스가 영문을 모르겠다는 표정으로 뒤돌아보았다.

"그러고 보니 꽤 걸었네. 이 산에서는 몬스터도 나온다고 했지? 저기, 우리보다 먼저 이 산에 들어왔다던 관리인은 괜찮은 걸까? 금발 노인이라고 했지?"

내가 별 생각 없이 그렇게 중얼거린 바로 그 순간이었다.

그 의문에 답하듯, 떨어진 곳에서 뭔가가 싸우는 소리가 들렸다.

"카즈마가 그런 플래그 같은 소리를 하니까 이렇게 된 거야!"

"아, 아냐, 이 바보야! 나는 그저 궁금해졌을 뿐이라고……!"

"두 분, 다투지 말고 빨리 가죠!"

위즈에게 꾸중을 들은 우리는 허둥지둥 소리가 들리는 곳으로 향했다.

그곳에는 기묘한 광경이 펼쳐져 있었다.

"이, 이게 대체 뭐죠……."

메구밍은 망연자실한 목소리로 중얼거렸다.

우리가 달려와 보니, 관리인의 모습은 보이지 않았다. 그 대신—.

"이건, 혹시 초보자 킬러……인 거냐?"

다크니스는 검은색을 띤 무언가의 옆에서 몸을 숙이더니 그것을 유심히 관찰했다.

이곳에서 전투가 벌어진 것은 틀림없다.

하지만 주위에는 검에 베이거나 마법에 타들어간 흔적이 없었다. 그저 초보자 킬러의 검은 모피와 거대한 송곳니만이 남아 있었다.

남아있는 잔해는 마치 산성 액체 같은 것으로 녹아버린 듯한…….

"어제 위즈가 간단히 격퇴하기는 했지만, 원래 초보자 킬러는 중견 모험가가 겨우 쓰러뜨릴 수 있는 상대지?"

나는 그렇게 중얼거렸다. 그리고 다들 내가 무슨 말을 하고 싶은 것인지 눈치챈 것 같았다.

그것은 바로 평범한 노인이 초보자 킬러를 쓰러뜨릴 수 있는 것인가? 였다.

그건 즉……!

"온천을 관리하는 할아버지는 엄청 강하다는 거네! 빨리 합류해서 우리를 지켜달라고 하자!"

……딱 한 명만 내가 하고 싶은 말을 눈치채지 못한 것 같았다.

"초보자 킬러를 혼자서 쓰러뜨리는 할아버지가 있을 것 같아?! 이 상황만 봐도 그 사람이 인간이 아니라는 건 바로 알 수 있잖아!"

"흐, 흥! 액셀 마을의 푸줏간 아저씨는 혼자서 개구리와 파이어 드레이크를 사냥한다구! 그러니 초보자 킬러를 때려죽일 수 있는 할아버지가 있을 수도 있지!"

"그런 별종과 똑같이 취급하지 마! 그리고 이 사체도 엄청 이상하잖아!"

그렇다. 이 녹아버린 사체는 이상했다. 마법이라도 쓴 것일까?

적을 녹여버리는 잔인한 마법이 있는 걸까?

"아무튼 평범한 할아버지가 아닌 건 분명하니까 경계심을 가지자고."

내가 그렇게 말하자, 아쿠아 이외의 멤버 전원이 아무 말

없이 고개를 끄덕였다.

……하지만 아쿠아는 불만어린 표정으로 중얼거렸다.

"요리사 할아버지는 옛날에 브루틀 앨리게이터를 산 채로 회친 적이 있다고……."

아직도 그딴 소리를 하는 거냐.

4

그 후로 우리는 한참을 걸었다. 다행히도 길을 잃을 염려는 없었다.

원천에서 마을로 온천수를 보내기 위한 거대한 파이프 여섯 개가 산기슭을 따라 설치되어 있었기 때문이다.

하지만 눈이 남아있는 산을 오르는 것은 힘들었다.

다들 지쳤을 거라고 생각하며 주위를 둘러보니―.

"저기, 위즈. 너는 리치지? 편리한 리치 마법으로 하늘을 날거나 할 수는 없어?"

"아쿠아 님, 리치 마법 같은 것은 없어요. 제가 독자적으로 개발한 마법이 몇 개 있기는 하지만, 전부 공격적인 마법인지라……."

"호오, 독자개발한 마법이라. 그래도 폭렬마법보다 위력이 세지는 않겠죠?"

"으으……. 몬스터가 나온대서 꽤나 기대했건만, 한 마리도 나오지 않는구나……. 대체 뭐가 어떻게 된 거지……."

다들 지친 기색이 전혀 없었다.

"어이, 너희들! 조, 좀, 천천히 가. 이 상태에서 적과 마주쳤다간, 숨이, 턱까지 찬, 상태에서 싸워야, 한다고."

이미 숨이 턱까지 찬 내가 헐떡이면서 겨우겨우 그렇게 말하자, 아쿠아는 고개를 갸웃거리면서 입을 열었다.

"……카즈마 씨의 스테이터스가 빈약한 건 알고 있었지만 이렇게 형편없는 줄은 몰랐어요."

짜, 짜증나!

"카즈마의 체력 스테이터스는 얼마죠? 설마 아크 위저드인 저와 비슷한 건 아니겠죠? 그 정도로 꼴사납지는 않죠?"

메구밍이 어이없다는 투로 그렇게 말했다.

숨을 헐떡이던 나는 다가온 메구밍에게 아무 말 없이 카드를 보여줬다.

"…………아, 맞아요. 카즈마는 우리 중에서 가장 레벨이 낮았죠. 너무 개의치 마세요. 이제부터 레벨을 올리면 되잖아요."

메구밍은 카드에서 눈을 떼더니 나를 위로했다.

"어이, 내 스테이터스는 메구밍과 비슷한 레벨인 거야?"

"잠시 휴식을 취하죠! 아까부터 꽤 열심히 산을 탔지만 상대의 코빼기도 보이지 않잖아요. 이대로 서두르는 것보다는 체력이 충분한 상태에서 따라잡는 편이 좋을 거예요."

"어, 어이. 내가 더 낮은 건 아니지? 메구밍보다도 힘이나 체력 같은 게 낮은 건 아니지? 그렇지?!"

메구밍은 내 질문에 대답하지 않은 채, 그 자리에서 주저앉았다.

레, 레벨을 올려야겠어…….

휴식을 취한 후 다시 행군을 시작한 우리는 파이프 하나가 시작되는 장소에 도착했다.

파이프 끝에서는 부글부글 끓고 있는 온천수가…….

……잠깐만 있어봐.

"어이. 이 물, 시꺼매."

"윽?! 독이잖아! 이거, 진짜 독이잖아!"

그렇게 외친 아쿠아는 허둥지둥 시꺼먼 물에 손을……!

"아, 뜨거~! 우에에에에에엥, 화상! 화상 입겠어!"

"이 바보! 온천수에 다짜고짜 손을 집어넣으면 어떻게 해! 빨리 손을 빼!"

"하, 하지만, 하지만! 아뜨뜨뜨뜨뜨~!"

아쿠아는 울음을 터뜨리면서도 시꺼먼 물에서 손을 빼지 않았다.

허둥지둥 아쿠아에게 다가간 나는 그녀의 손을 향해 마법을 사용했다.

"『프리즈』!"

나는 초급 빙결 마법으로 물을 냉각시키려 했지만—.

내 마력이 너무 낮아서 거의 효과가 없는 것 같았다.

"『프리즈』!!"

그리고 서둘러 다가온 위즈 또한 나와 마찬가지로 프리즈 마법을 사용했다.

마력에서 차이가 나기 때문인지, 종족이 다르기 때문인지는 몰라도, 위즈가 사용한 프리즈가 물의 온도를 급격하게 낮췄다.

"휴우…… 고마워, 위즈. 그리고 카즈마 씨도 아주 쬐끔 고마워."

"아주 쬐끔은 무슨."

아쿠아가 팔을 집어넣은 곳에 위즈가 몇 번이나 프리즈를 걸었다.

그러는 사이, 시꺼멓던 물이 투명한 색깔로 되돌아왔다.

"이제 됐어. ……하지만 파이프 안까지는 정화할 수 없으니, 이 원천을 다시 이용할 수 있게 되는 데는 꽤 시간이 걸릴 거야……『힐』!"

물의 정화를 끝낸 아쿠아는 화상을 입은 자신의 손에 힐을 걸었다. 그리고 평소 텐션이 하늘을 찌르던 그녀는 슬픔에 젖은 표정을 지었다.

그 모습을 보니까 나도 기분이 가라앉는걸…….

아무튼, 이걸로 누군가가 원천을 오염시키고 있는 것은 틀림없어졌다.

관리인과 그 남자가 어떤 관계인지는 모르겠지만, 이대로 쫓다보면 진실을 알 수 있을 것이다.

—길을 가면서 보니, 다른 파이프가 연결되어 있는 원천도 오염되어 있었다.

아쿠아가 그 원천들을 정화했고, 총 여섯 개의 파이프 중에서 네 개의 파이프가 연결된 원천은 정화가 완료됐다.

하지만 이 원천들을 다시 이용하기까지 꽤 시간이 필요할 것이다.

우리가 산의 팔부능선까지 올랐을 즈음이었다.

내가 전부 때려치우고 돌아가고 싶다는 생각을 하기 시작했을 때, 꽤 떨어진 곳에 있는 누군가를 발견했다.

나는 천리안 스킬을 사용해서 그 자를 쳐다보았다.

"……어? 역시 저 녀석이잖아."

그곳에 있는 이는 기사들이 말했던 금발 노인이 아니라, 내가 혼욕에서 만났던 바로 그 남자였다.

"왜 갑자기 멈춰선 거야?"

아쿠아는 느닷없이 걸음을 멈춘 나를 이상하다는 듯이 쳐다보았다.

나는 앞쪽을 손가락으로 가리키면서 예의 그 남자가 저쪽에 서있다는 사실을 알렸다.

"음, 확실히 누군가가 서있군. 그런데 저런데서 뭘 하고 있는 거지? 저기서 원천이 샘솟고 있는 건가?"

"그렇겠죠. 저기 좀 보세요. 파이프가 저쪽에서 시작되고 있어요. ……잠깐만요. 그렇다면 저 녀석은 지금……!"

지금 원천에 독을 풀고 있는 건가!

우리가 허둥지둥 그쪽을 향해 뛰어가자, 상대도 우리를 발견한 것 같았다.

우리가 다가가자, 그는 영문을 모르겠다는 표정을 지었다.

"당신들은 누구죠? 이곳은 온천 관리인 이외에는 출입이 금지된 장소입니다. 어떻게 여기에 왔죠?"

남자가 태연하게 그런 걸 묻자, 아쿠아는 손가락으로 그를 가리키면서 외쳤다.

"시치미 떼지 말아줄래?! 감히 이 마을의 온천을 못 쓰게 만들다니! 대가를 톡톡히 치르게 해줄 테니까 각오해!"

"온천을 못 쓰게 만들었다고요? 저는 이 온천을 관리하고 있을 뿐입니다만? 무슨 소리를 하는 건지 모르겠군요……."

남자가 당당하게 시치미를 떼자, 아쿠아는 난처한 표정을 지으면서 도움을 요청하듯 나를 쳐다보았다.

승산이 없으면 달려들지 말라고.

"시치미 떼 봤자 소용없어요. 당신은 여기서 뭘 하고 있는 거죠? 온천에 독을 푸는 게 귀찮아져서 원천에 직접 독을 풀려 온 거죠? 어제 그 오염 소동은 이곳의 온천과 마을의 온천이 연결되어 있는지 확인하기 위한 작업 아니었나요?"

"이곳으로 오는 도중에 있던 원천은 이미 오염되어 있었다. 자, 메구밍의 말대로 그 원천에 뭘 하고 있었는지 설명해주실까? 나는 더스티네스 포드 라라티나. 귀족 특권에 따라, 당신에게 대기소까지의 동행을 요구하겠다."

메구밍과 다크니스가 몰아붙였지만, 그 남자는 고개만 갸웃거렸다.

"그러니까 무슨 말을 하는 건지 모르겠다고요. 뭣하면 지금 이 자리에서 제 소지품을 조사해보던가요. 독약 같은 건 없을 걸……요……?"

자신만만하던 남자의 목소리가 점점 작아졌다.

남자의 시선이 향하고 있는 곳에는―.

"으음? 누구시더라……. 이 분, 분명 어딘가에서 본 적이……."

위즈가 턱에 손을 댄 채 남자를 바라보며 고민하고 있었다.

그 모습을 본 그는 허둥지둥 뒤돌아섰다.

"아, 아무튼, 저는 이번 일을 조사하러 온 것뿐이니까, 이만……."

"아앗~! 한스 씨! 한스 씨 맞죠?!"

우물우물하던 남자를 향해 위즈가 갑자기 외쳤다.

"하, 한스 씨가 대체 누구죠? 저는 이 마을의 온천 관리인……."

"한스 씨! 오래간만이에요! 저예요! 위즈예요! 리치인 위즈라고요!"

몇 번이나 한스라고 불린 남자는 떨리는 목소리로 얼버무리려고 했지만, 위즈는 그리움이 묻어나는 목소리로 그에게 계속 말을 걸었다.

한스는 자신을 지그시 쳐다보는 위즈를 힐끔 쳐다본 후에 말했다.

"리치라면 위험하기 짝이 없는 언데드 몬스터인 리치 말인가요? 대체 무슨 소리를 하는 건지 모르겠군요. ……아, 아무튼. 저는 독 같은 건 가지고 있지 않으니 아무런 증거도……."

"아, 그러고 보니! 한스 씨는 데들리 포이즌 슬라임의 변이종이었죠! 혹시 한스 씨가 원천에 독을 넣은 건가요?"

위즈가 한스의 변명을 자기도 모르게 박살냈다.

그리고 한스의 곁으로 다가가더니―

"저기, 한스 씨. 아까부터 왜 저를 모르는 척 하는 거죠? 저예요. 위즈예요. 그러고 보니 한스 씨는 의태를 할 수 있었죠. 온천 관리인 할아버지로 의태해서 여기까지 온 건가요? 한스 씨. 한스 씨!"

"그, 그만 하세요. 당신은 대체 누구죠? 저는 당신 같은 사람은 모른……. 자, 잠깐만요. 부탁이니까 흔들지 마세요!"

위즈는 계속 모르는 척 하는 한스의 어깨를 잡고 흔들어댔다.

"혹시 진짜로 저를 잊은 건가요? 저예요. 옛날에 마왕 씨의 성에서……."

"아아아아아아아아~! 저기, 지금 좀 바쁘거든요! 실은 이 원천을 조사하다 오염의 원인을 알아냈어요! 서둘러 마을에 돌아가야 하니, 그럼 이만……. ……비켜주시지 않겠어요?"

"어디 가려는 거지? 한스."

"절대 보내줄 수 없어, 한스!"

"그딴 변명이 통할 거라고 생각하나요? 한스."

도망치려 하는 한스를 다크니스와 아쿠아, 메구밍이 막아섰다.

나는 딱딱하게 굳은 표정으로 뒷걸음질 치고 있는 한스를 향해 말했다.

"부질없는 짓 그만하고 정체를 드러내라고, 한스."

"크아아아! 내 이름을 함부로 부르지 마라! 이 망할 놈들아! 왜 위즈가 여기 있는 거지?! 너는 성을 나간 후에 어딘가의 마을에서 가게라도 차릴 거라고 했잖아! 온천마을에서 어슬렁거리지 말고 일이나 해!"

결국 본성을 드러낸 한스는 분노를 터뜨리면서 위즈를 향해 고함을 질렀다.

"너, 너무해요! 저도 열심히 일하고 있다고요! 일을 하면 할수록 가난해지기는 해도 매일같이 열심히 일하고 있단 말이에요!"

위즈도 대꾸를 했지만 지금 중요한 건 그런 게 아니다.

한스는 땅이 꺼져라 한숨을 내쉰 후, 천천히 고개를 저었다.

"하아……. 맙소사. 상당한 시간을 들여 이 마을을 조사하고, 사전 준비를 한 끝에 드디어 결행한 계획인데……. 위즈. 너, 마왕성의 결계 유지 이외에는 마왕군에게 협력하지 않는 대신 우리를 적대하지 않기로 했잖아? 그런데 왜 나를 방해하는 거지?"

"예엣?! 제, 제가 한스 씨를 방해했나요?! 저는 오래간만에 만난 한스 씨가 반가워서 말을 걸었을 뿐인데요?!"

"그것만으로도 충분히 방해가 된다고! 너 때문에 나는 정체를 들키고 말았단 말이다!"

바보인 걸까. 일부러 그런 걸까.

위즈 때문에 정체를 들키고 만 한스는 자세를 낮추면서 전투태세를 취했다.

"위즈, 이제 어떻게 할 거지? 나와 싸울 거냐? 아니면 이대로 보내줄 거냐?"

한스는 위즈 한 명만 경계하고 있는 것 같았다.

그럴 만도 했다. 위즈의 이야기에 따르면 이 남자는 데들리 포이즌 슬라임이다.

데들리 포이즌 같은 무시무시한 이름이 붙기는 했지만, 결국은 슬라임이다.

리치인 위즈와는 몬스터로서의 격이 다르리라.

뭐야. 욕실 안에서 만났을 때는 강적이라고 생각했는데 슬라임이었던 거야?

"그, 그게…… 한스 씨, 이 분들은 제 벗이에요. 그리고 이 마을의 온천이 못쓰게 되면 여러모로 곤란해요. 그러니까…… 대화로…… 풀 수는 없을까요?"

위즈가 미안함 섞인 목소리로 그렇게 묻자, 한스는 웃었다.

"하핫! 리치가 된 후로는 정말 얼간이가 됐구나, 위즈! 네가 아크 위저드로서 우리를 사냥하던 시절 같았으면 대화의 대 자도 꺼내지 않았겠지."

"으…… 그, 그 때는 저도 세상물정을 몰랐다고나 할까……."

위즈는 그렇게 말한 후, 부끄러움을 타듯 쭈뼛쭈뼛했다.

지금의 위즈는 이렇게 온화하지만 옛날에는 전투광이었던 걸까.

마을에 돌아가면 옛날이야기를 들어봐야겠다.

그러기 위해서라도—

"어이, 방해해서 미안하지만 동창회는 이제 그만 끝내주지 않겠어? ……한스라고 했지? 내 이름은 사토 카즈마. 마왕군 간부 베르디아 토벌전에서 활약하고, 초 거물 현상범 디스트로이어 파괴 작전의 지휘를 맡았으며, 얼마 전에는 내다보는 악마 바닐과의 싸움에도 참가했던 남자다."

빨리 이 녀석을 해결하고 이 소동을 끝낸 다음 마을로 돌아가볼까!

"뭐, 뭐라고?! 네놈처럼 약해 빠져 보이는 남자가……! 장비도 허접한 네놈이 베르디아와 바닐 토벌에 관여했다고?!"

쓸데없는 참견이야.

"약해빠져? 인사 한 번 끝내주게 하네. 하지만 이래봬도 나는 몇 번이나 죽을 고비를 넘겼다고."

"실은 몇 번이나 죽었지만 말이야."

내 뒤편에 있는 아쿠아가 쓸데없는 소리를 했다.

"네가 마왕군이라는 것은 처음부터 알고 있었어. 그리고 내가 기억나지 않는 거야? 저번에 여관 목욕탕에서 나와 만났잖아."

"……뭐? 아앗! 그때 짐승 같은 눈빛을 띠고 있던 남자냐?!"

지, 짐승은 너무하잖아.

"나는 그때 너희의 대화를 들었어. 아쿠시즈 교단을 무너뜨리기 위한 흉계를 말이지! 욕실에서 마주친 순간, 너희가 나를 경계하고 있는 걸 눈치챘지. 그 글래머 누님의 몸을 지그시 쳐다본 것은 너희가 경계심을 풀게 하기 위해서였어."

"어이, 귀찮은 일에 휘말리고 싶지 않다는 이유로 계속 입 다물고 있던 남자가 천연덕스럽게 이딴 소리를 하고 있구나."

다크니스가 내 뒤편에서 그런 소리를 했다.

아까부터 뒤편에 있는 녀석들이 시끄러웠다.

바로 그때, 내 말을 들은 한스가 뒷걸음질 치고 있다는 사실을 눈치챘다.

아까까지는 위즈만 쳐다보고 있었는데 지금은 나를 가장 경계하고 있었다.

"나를 봤는데 한 걸음도 물러서지 않는 거냐. 확실히 허세를 부리는 것 같지는 않구나."

한스는 나를 노려보면서 그렇게 말했다.

슬라임 주제에 건방진 녀석이군.

그렇다. 눈앞에 있는 이 녀석은 겉모습만 보면 꽤 강해보이지만, 실체는 슬라임이다.

여러 게임에서 졸개 몬스터로 등장하는 바로 그 슬라임 말이다.

데들리 포이즌 같은 이름으로 볼 때 독이 주무기인 것 같지만, 우리에게는 독을 정화할 수 있는 아쿠아가 있다.

솔직히 말해서 질 이유가 전혀 없었다.

"순순히 항복해. 위즈! 이 녀석은 너의 옛 동료지? 싸우기 힘든 상대면 뒤로 물러나 있어."

"카, 카즈마 씨?! 확실히 싸우고 싶지 않은 상대이기는 하지만……. 괜찮겠어요?! 저기, 한스 씨는……!"

위즈가 뒤로 물러서면서 뭐라고 외쳤다.

내가 칼을 뽑아들자, 날카로운 칼날 부분이 햇빛을 받아 반짝였다.

새로 장만한 무기의 첫 희생양이 슬라임일 줄이야.

뒤편에 있는 내 동료들도 언제든지 싸울 수 있도록 준비했다.

내 옆에 선 다크니스는 대검을 뽑아들더니 전투태세를 취했다.

"……아무래도 진심인 것 같구나. 좋다! 일개 모험가가 나에게 도전하는 것도 정말 오래간만이군! 그 누구든 내 본성을 보면 도망치기 위해 우왕좌왕하다 결국 넙죽 엎드리며 용서를 빌었다. 하지만 너는 꽤 기개가 있는 것 같구나!"

한스는 그런 보스 같은 대사를 입에 담으면서 양손을 펼쳤다.

"내 이름은 한스! 마왕군 간부, 데들리 포이즌 슬라임 변이종, 한스다!"

흔해빠진 이름을 큰 목소리로 외치는 한…….

"……방금 뭐라고 했어?"

이 슬라임, 방금 뭐라고 했지?

마왕군 간부라는 말이 들린 것 같은데?

내 뒤편에 있는 위즈가 외쳤다.

"카즈마 씨! 한스 씨는 마왕군 간부 중에서도 거액의 상금이 걸려있는 분이에요! 엄청 강한 상대이니 조심하세요……!"

이제 와서 그런 정보를 줘도 곤란하다고.

나는 검을 쥔 채 뒷걸음질을 치면서 옆에 있는 다크니스에게 물었다.

"어이, 다크니스. 슬라임은 졸개지? 졸개 몬스터 맞지?"

내가 작은 목소리로 묻자, 다크니스는 상대를 주시하면서 말했다.

"슬라임이 졸개? 그딴 바보 같은 소리를 누구에게 들은 것이냐. 조그마한 슬라임이라면 몰라도 저렇게 큰 슬라임은 강적이다. 우선 물리공격이 거의 통하지 않는다. 마법에도 내성이 있으며 뭐든 삼켜버리지. 저 녀석에게 잡히면 그대로 끝이라고 생각해라. 갑옷 틈 사이로 몸에 들러붙어 소화액으로 네 몸을 녹이거나, 입을 막아서 질식시키려고 할 거다."

뭐야, 그게. 무서워. ……잠깐만. ……어라?

나, 혹시 무시무시한 놈에게 싸움을 건 거야?

"데들리 포이즌 슬라임에게는 절대 닿으면 안 돼요, 카즈마! 게다가 이 녀석은 마을 안에 있는 대량의 물을 오염시킬 만큼 강력한 독을 지녔어요! 마을 안의 온천수로 희석된 상태에서도 피해가 발생할 정도의 독이잖아요! 그런 독에 직접적으로 닿으면 즉사할 거예요!"

"……즈, 즉사?"

메구밍의 경고를 듣자, 내 심장이 쿵쾅쿵쾅 뛰기 시작했다.

"걱정하지 마, 카즈마! 죽어도 내가 살려줄게! 그래도 포식만은 당하면 안 돼! 잡혀서 몸이 녹아버리면, 아무리 나라도 소생시킬 수 없어!"

아쿠아의 그 말을 들은 순간—

"자! 덤벼라, 용감한 모험가여! 나를 즐겁게 해…… 다오……?"

나는 한스에게 등을 보이며 전력으로 도망쳤다.

5

나는 초목을 헤치면서 경사면을 미끄러지듯 내려갔다.

나뭇가지에 긁힌 볼에 생채기가 생겼다.

"우에에에에엥! 카즈마 씨~! 기다려~! 기다리라구~!!"

"이 멍청아! 빨리 따라와! 안 그러면 버리고 갈 거야!"

위험해, 위험해, 위험해!

저 녀석은 지금까지 싸웠던 녀석들 중 가장 위험해!

닿으면 죽는데다, 잡혀서 녹아버리면 소생도 불가능하다고?

"다크니스, 빨리 뛰세요! 저거에 잡히면 죽을 거예요! 포기하라고요!"

"아아……. 슬라임……. 슬라임이……."

메구밍은 미련이 잔뜩 섞인 목소리로 한탄하는 다크니스의 손을 잡아끌면서 내 뒤를 따르고 있었다.

다크니스는 슬라임 같은 점액질 몬스터에 묘하게 집착했다. 그녀는 혼자서라도 한스와 싸우고 싶어 했지만 우리가 말렸다.

다크니스라면 저 녀석에게 잡혀도 왠지 멀쩡할 것 같지만, 슬라임에게는 물리공격이 통하지 않는다.

"카, 카즈마 씨, 산에 오를 때는 숨을 헐떡거리며 겨우겨우 쫓아왔으면서 내려갈 때는 엄청 빠르네요……!"

위즈가 가장 뒤쪽에서 필사적으로 따라오고 있었다.

그런 위즈의 뒤편에서—.

"나를 놀리는 거냐, 인간! 그렇게 기세 좋게 떠들어놓고 도망치다니, 그게 인간이 할 짓이냐?! 모험가로서 부끄럽지도 않은 거냔 말이다!"

얼굴이 시뻘게진 한스가 전력으로 쫓아오고 있었다.

"모험가라서야! 최약체 직업인 모험가니까 마왕군 간부 따위를 상대할 수는 없다고!"

"최약체 직업? 그딴 녀석이 감히……! ……뭐?"

한스는 갑자기 멈춰 섰다.

그러자 우리도 덩달아 발을 멈췄다.

"너, 모험가냐? 최약체 직업이라 불리는 그 모험가? 통칭이 아니라, 아크 위저드나 프리스트 같은 클래스로서의 모험가라는 거냐?"

"그, 그런데요?"

한스는 한 순간 눈에 핏발을 세웠지만, 이윽고 눈을 감더니 한숨을 내쉬었다.

슬라임 주제에 꽤나 인간다운 녀석이었다.

"못 본 척 해주마. 꺼져라, 잔챙이!"

한스는 내뱉듯이 그렇게 말한 후, 왔던 길을 되돌아가기 시작했다. 아무래도 다시 원천으로 향하는 것 같았다.

"……휴우, 이걸로 한 건 해결됐네."

"하나도 해결 안 됐어! 저 녀석, 원천으로 돌아갔단 말이야!"

아쿠아가 애원하고 있지만, 솔직히 말해 저 녀석은 너무 위험하다.

"그렇지만 저딴 녀석을 어떻게 쓰러뜨리냐고. 위즈는 저 녀석과 싸우는 건 좀 그럴 테고 다크니스도 저 녀석의 독을 견뎌내지 못할 가능성이 있어. 멀찍이 떨어진 곳에서 메구밍의 폭렬마법을 기습적으로 날려서 해치워버릴까?"

"저기……. 한스 씨에게 폭렬마법을 사용하면, 산산 조각 난 한스 씨의 몸이 이 근처 일대를 오염시킬 거예요. 슬라임은 마법에 강한 내성을 지녔기 때문에 태워서 완전히 소멸시키는 건 어렵고요……."

완전히 사면초가잖아.

"자랑은 아니지만, 이번에는 내가 할 수 있는 게 아무 것도 없어. 물리공격이 통하는 상대라면 새로 장만한 내 애검이 활약하겠지만 말이야."

"춘춘마루의 차례는 아직 먼 거네요. 하지만 이대로 놔두면 원천을 오염시킬 걸요? 마왕군 간부의 뜻대로 될 거라고요."

"내 애검을 그딴 이상한 이름으로 부르지 마. 나는 절대 그 이름으로 부르지 않을 거라고! ……하지만 골치 아프게 됐네. 어이, 아쿠아. 그냥 이 마을의 온천을 포기하는 게 어때? 새로운 산업을 시작하면 되잖아. 그보다 아쿠시즈 교단 자체가 이 세상에 필요 없지 않아?"

내가 정론을 늘어놓자, 아쿠아는 내 목을 조르려 했다.

그런 아쿠아와 몸싸움을 벌이는 사이에도 한스의 뒷모습은 점점 작아져갔다.

그 모습을 본 아쿠아는—.

"알았어. ……그럼! 내가 저 슬라임을 정화할게!"

그런 무모한 소리를 했다.

6

우리가 한스를 쫓아가보니, 그는 남은 두 개의 원천 중에서 아까 독을 타려 했던 원천에 오른손을 넣어 오염시키고 있었다.

이미 대량의 독을 집어넣었는지, 한참 떨어진 곳에서도 원천이 탁해졌다는 사실을 알 수 있었다.

물론 온천수를 공급하는 파이프 안도 독으로 범벅이 되었을 것이다.

"저 녀석, 이 파이프를 직접 파괴하겠다는 생각은 못 한 걸까?"

일부러 원천에 독을 넣는 이유를 알 수가 없었다.

뭐, 파이프는 얼마든지 고칠 수 있지만, 원천은 오염되어 버리면 다시는 쓸 수 없다.

만전을 기하고 있는 걸지도 모른다.

그리고 아쿠아처럼 맹독을 정화할 수 있는 프리스트는 많지 않을 것이다.

"이 파이프는 마도금속으로 된 것 같군요. 웬만해서는 파괴할 수 없어요. 이 마을의 생명선인 온천수를 공급하는 파이프라 돈을 들인 것 같네요."

메구밍의 말을 듣고 내가 납득하고 있을 때, 오염된 온천을 정화하고 온 아쿠아가 초조한 목소리로 외쳤다.

"저기, 좀 더 당황하라구! 이건 엄청 큰일 아냐?! 마지막 남은 원천이 오염되어버리면 당분간 이 마을의 온천을 쓸 수 없단 말이야! 그렇게 되면 이 마을의 아쿠시즈 교단이 붕괴될 거야!"

"""잘 됐네(됐네요).""""

"우에에에에에에에엥~!"

우리 세 사람이 한 목소리로 그렇게 말하자, 아쿠아가 위즈에게 울며 매달렸다.

"자, 잠깐만요, 여러분! 이제 아쿠아 님 좀 그만 놀리세요! 그것보다, 이대로 있다간……!"

딱히 놀린 건 아닌데 말이야.

저 골치 아픈 집단은 없어져버리는 게 좋다고 생각한 것뿐이야.

"뭐야. 또 온 거냐. 뭐, 이제 원천은 하나밖에 남지 않았다. 그것만 오염시키면 이 마을에는 볼일이 없어. 드디어! 드디어 이 지긋지긋한 마을과 작별할 수 있다고!"

마왕군 간부도 이 마을에 잠복한 동안 아쿠시즈 교도들에게 꽤나 시달렸나 보네……

"너, 대체 얼마 동안 이 마을에 있었던 거야? ……아, 맞다! 온천 관리인으로 의태해서 이곳에 침입한 것 같은데, 진짜 관리인은 어떻게 했어? 분명 금발 할아버지였지? 그 사람은……"

"먹었다."

한스는 아무렇지도 않은 듯이, 그리고 단적으로 말했다.

……먹었다?

"어? 방금 뭐라고……"

"그러니까 먹어치웠단 말이다. 나는 슬라임이다. 인간을 잡아먹는 게 내 본능이지. 그리고 잡아먹은 상대로만……."

『의태할 수 있다』. 한스가 그렇게 말하려 한 순간이었다—.

"『커스드 크리스털 프리즌』."

차가운 느낌이 감도는 조용한 목소리가, 눈이 남아있는 산속에서 울려 퍼졌다.

"으으으윽?! 크아아아아아아아아?!"

오염된 원천이 우지직 하는 소리를 내면서 한스가 집어넣은 오른손과 함께 순식간에 동결됐다.

오른손이 얼어붙은 한스가 비명을 질렀다.

나는 마법을 사용한 이를 쳐다보았다.

그 자는 바로, 평소의 온화한 인상이 전혀 느껴지지 않는, 그리고 최강의 언데드인 리치다운 관록을 보여주고 있는 위즈였다.

위즈는 팔이 얼어붙은 채 비명을 지르고 있는 한스를 무표정한 얼굴로 쳐다보면서 말했다.

"분명, 중립인 저는 모험가와 기사처럼 전투에 관여하는 자를 제외한 인간을 죽이지 않는 마왕군과 적대하지 않기로 약속했어요. 그건 한스 씨도 알고 있죠?"

"위즈! 그만해! 마법을 풀어! 위즈!"

한스가 고함을 질러댔지만, 위즈는 그 말에 귀를 기울이지 않았다.

"모험가가 전투 중에 목숨을 잃는 것은 어쩔 수 없는 일이에요. 그들 또한 밤낮없이 몬스터의 목숨을 빼앗으며 생계를 유지하고 있으니, 거꾸로 목숨을 잃을 각오 또한 해야 되겠죠. 그리고 기사도 마찬가지예요. 그들은 세금을 받는 대가로 주민들을 지켜요. 대가를 얻고 있으니 목숨을 잃는 것도 어쩔 수 없죠. 하지만······."

"위즈! 진짜로 나와 싸울 생각이냐?! 여기서 너와 내가 싸우면, 이 일대는 완전히 오염되고······!"

한스가 뭔가 말을 하려 했지만—.

"하지만 온천을 관리하는 할아버지에게는 아무 죄도 없잖아요."

위즈는 슬픔이 어린 얼굴로 차분하게 말했다.

바로 그때, 누군가가 내 옷을 꼭 움켜잡았다.

화들짝 놀라면서 고개를 돌려보니, 아쿠아와 메구밍이 내 등에 찰싹 붙어 있었다.

······평소와 다른 위즈가 무서운 걸까.

실은 나도 조금 무서웠다.

내 옆에 있던 다크니스는 위즈를 도우려는 건지 자세를 낮추며 언제든 몸을 날릴 수 있도록 준비했다.

젠장, 저 온화한 위즈도 나섰잖아.

나도 각오를 다지자!

"위즈! 미안하지만 나는 너와 싸울 생각이 없어! 후딱 일을 끝내고 돌아갈련다!"

한스는 그렇게 말하더니, 우리가 보는 앞에서 얼어붙은 오른팔을 부쉈다.

얼어붙은 팔은 간단히 부서지더니, 절단면에서 반투명한 새로운 팔이 생겨났다.

한스는 오른팔을 버려둔 채, 마지막 원천을 향해 뛰어갔다!

7

우리는 한스를 필사적으로 쫓았다.

그러고 보니 아까부터 계속 뛰어다니고만 있잖아. 이번 온천 여행은 어떻게 되어먹은 거야? 나는 몸을 단련하러 온 게 아니라, 휴양을 하러 온 거라고!

"카즈마 씨~! 저 슬라임, 엄청 빠르거든?! 슬라임은 좀 포동포동하면서 귀엽거나, 끈적끈적하면서 느려 터져야 하는 거 아냐~?!"

아쿠아는 슬라임에 대한 이미지가 나와 완전히 똑같은지 그런 소리를 했다.

그러고 보니, 슬라임이 생각이라는 것을 할 수 있다는 것 자체가 이상하다는 생각이 들었다.

뇌 같은 건 대체 어디 있는 거냐고!

"한스 씨, 더는 보내주지 않겠어요! 『커스드 크리스털 프리즌』!"

"윽?! 젠장, 역시 너와 나는 상성이 나쁘군!"

마지막 원천으로부터 10미터 정도 떨어진 지점까지 간 한스는 위즈의 마법에 의해 하반신이 얼어붙었다.

마법에 내성을 지녔다는 슬라임, 그것도 마왕군 간부급의 변이 슬라임을 이렇게 간단히 얼려버리다니……. 역시 리치는 대단하네.

하지만……!

"나는 이런 방법을 쓸 수도 있다고! 위즈, 너는 여전히 마무리가 허술하구나!"

한스가 자신의 오른팔을 뜯어내더니, 그것을 원천을 향해 던졌다.

""""아앗?!""""

나와 한스 이외의 전원이 포물선을 그리며 원천을 향해 낙하하는 팔을 보며 경악했다.

하지만 나는—.

"저격!"

허공을 가르는 한스의 팔을 화살로 맞춰 떨어뜨렸다.

"아닛?!"

한스는 눈을 치켜뜨며 나와 원천을 번갈아 쳐다보았다.

그리고 이를 갈더니, 얼어붙은 자신의 하반신을 뜯어내어 차례차례 원천을 향해 던졌다.

저격 스킬의 명중률은 손재주와 행운에 의존한다.

하지만 아무리 내가 운이 좋아도 저것들을 전부 맞추는 것은 무리다!

"아쿠아! 나와 가위 바위 보를 했을 때 네가 썼던 운이 좋아지는 마법을 나에게 걸어줘!!"

"뭐?! 아, 알았어!"

마차 자리를 걸고 가위 바위 보를 했을 때, 아쿠아는 축복 마법을 썼다.

그걸로 내 행운 스테이터스를 일시적으로 상승시키는 것이다!

"『블레싱』!"

"저격!"

아쿠아가 지원마법을 걸어준 순간, 나는 저격 스킬을 통해 사정거리와 정확도가 강화된 활을 쐈다.

차례차례 발사된 활이 정확하게 한스의 파편에 명중했다.

나와 한스 이외의 전원이 그 모습을 보고 안도의 한숨을 내쉬었다.

"아, 아니~?! 말도 안 돼! 저걸 다 명중시키다니!"

격앙된 한스를 향해 메구밍이 외쳤다.

"이 남자의 운을 얕보지 마세요! 마법사보다도 스테이터스가 빈약한데도 운 하나만 가지고 수많은 강적들과 싸워온 남자란 말이에요!"

"어이, 칭찬할 거면 좀 제대로 칭찬하라고!"

나와 메구밍은 발이 얼어붙은 한스를 쳐다보면서 그런 소리를 할 만큼 안심했다.

하지만 그것은 안심이 아니라 방심이었다.

한스는 될 대로 되라는 심정으로 또 몸의 일부를 집어던졌고⋯⋯.

"카즈마, 또 활을 쏴서 떨어뜨려버려!"

그 모습을 본 아쿠아가 허리에 손을 대더니, 여유 넘치는 미소를 지으며 나를 향해 그렇게 말했다.

"나한테 맡⋯⋯! ⋯⋯아."

나는 그것을 향해 활을 쏘려다 어떤 사실을 깨달았다.

"어? 카즈마, 왜 그래?"

아쿠아가 영문을 모르겠다는 듯이 그렇게 말한 순간⋯⋯.

첨벙, 하는 소리를 내면서 한스의 몸이 원천에 빠졌다.

""""어.""""

한스를 비롯해 나 이외의 모두가 경악한 가운데, 내가 말했다.

"⋯⋯화살이 떨어졌어요."

"—우, 우와아아아아아아아아~!"

아쿠아가 마지막 원천을 향해 허둥지둥 뛰어가더니, 그 안에 손을 집어넣으려 했다.

"아쿠아 님, 안 돼요! 거기에는 한스 씨의 몸 일부가 들어 있어요! 다른 원천과는 비교도 되지 않을 만큼 심각하게 오염되었을 거예요!"

위즈가 말리는 데도 불구하고, 아쿠아는 주저 없이 손을 집어넣었다.

"아아아, 뜨거워, 아파, 뜨거워~!『힐』!『힐』!! 위즈, 어떻게 좀 해봐~! 마지막 원천과 파이프가 오염되는 건 막아야 해!"

"아, 아쿠아 님~! ……큭,『라이트 오브 세이버』!!!"

화상을 입은 팔에 회복 마법을 걸면서 물을 정화시키고 있는 아쿠아가 고함을 질렀다.

그 모습을 본 위즈는 손날을 휘두르며 빛의 마법을 펼쳐서, 오염된 원천과 연결된 파이프의 일부를 잘랐다.

아무래도 오염된 물이 침입한 부분만 잘라낸 것 같았다. 이러면 수리하는 데 며칠도 걸리지 않을 것이다.

내가 안심한 바로 그 순간이었다.

한스 쪽에서 우지직 하면서 뭔가에 금이 가는 소리가 들렸다.

"카즈마, 카카, 카즈마……!"

메구밍의 겁먹은 목소리를 듣고 그쪽을 쳐다보니—.

한스, 아니, 한스의 모습을 한 슬라임이…….

"이건……! 정말 멋진 슬라임이구나! 아까워! 독만 없다면 가지고 돌아가서 애완동물로 삼았을 텐데 말이다!"

이미 뇌가 녹아버린 건 아닐까 싶은 다크니스의 발언이 들리는 가운데, 우리가 사는 저택만 한 크기로 부풀어 올랐다.

"엄청 커어어어엇!"

8

구미젤리처럼 탱글탱글하면서도 동그란 그 거대 슬라임은 주위에 있는 나무들을 집어삼키더니 그대로 흡수하기 시작했다.

"큰일 났다! 한스가 열 받았어! 위즈, 저 녀석 좀 어떻게 해봐! 아까 그 얼려버리는 마법! 그걸로 후딱 해치워버리란 말이야!"

우리는 한스를 피해 비명을 지르면서 열심히 도망 다녔다.

"저렇게 커진 한스 씨를 아까 그 마법으로 통째로 얼리는 건 마력 부족으로 무리예요! 다른 분이 마력을 빌려주신다면 모르겠지만……!"

위즈는 나를 쳐다보면서 그렇게 말했다. 지금 이 자리에서 위즈에게 마력을 전달할 수 있는 녀석은……!

"메구밍! 이번에는 네가 제물이 돼! 내 마력으로는 어림없을 테고 아쿠아의 마력을 위즈가 흡수하면 체한단 말이야!"

"저 말인가요?! 시시시, 싫어요! 그럴 바에야, 제 폭렬마법으로 저 녀석을 산산조각 내버릴래요!"

"안 돼애~! 이 산 전체가 오염되어 버릴 거야!"

메구밍의 말을 들은 아쿠아가 고함을 질러대는 사이, 다크니스는 철컹철컹 소리를 내면서 갑옷을 벗기 시작했다.

어이.

"너 왜 갑자기 갑옷을 벗는 거야……?"

"슬라임 상대로는 갑옷을 입고 있어봐야 의미가 없다. 어차피 틈새로 침입할 테니 차라리 벗는 편이 나아."

뇌가 녹아버린 듯한 다크니스는 소중한 갑옷을 벗더니 평소 옷차림이 되었다.

"그리고 이 갑옷은 꽤 마음에 들었거든. 모처럼 네가 말끔하게 고쳐준 갑옷이 녹아버리거나 흠집이 나는 건 싫구나."

다크니스는 그렇게 말하더니 대검마저 던져버렸다.

슬라임에게 물리공격은 통하지 않는다.

그래서 무거운 무기를 던져버린 것이리라.

"어이, 그런 꼴로 뭘 하려는 거야?! 빨리 도망치자!"

내가 다크니스의 손을 잡아끌면서 도망치려 하자, 그녀는 아무 말 없이 원천 쪽을 손가락으로 가리켰다.

거기에는—.

"우에에에에엥~! 카즈마 씨~! 카즈마 씨~!!"

한스가 다가오고 있는데도 여전히 원천에 손을 집어넣은 채 도망칠 기색을 보이지 않는 아쿠아가 있었다.

"이 바보, 뭐하고 있는 거야?! 그딴 건 내버려두고 빨리 도망쳐!"

"하지만! 하지만!! 여기를 지키지 않으면, 내 신자들이……!"

다크니스는 화상을 입으면서도 정화를 계속하는 아쿠아를 지키려는 것처럼 그녀의 곁으로 뛰어갔다.

얼굴이 새파랗게 질린 위즈도 각오를 다졌는지 아쿠아의 곁으로 향했다.

"카즈마, 어떻게 하죠?! 평소처럼 약아빠진 짓거리를 생각해내서 어떻게 좀 해보세요!"

"너, 인마……! 약아빠진 짓거리 같은 소리 좀 하지 말라고! 알았어! 젠장, 생각 좀 해볼 테니까, 너도 네가 할 수 있는 일을 해둬!"

"제, 제가 할 수 있는 일요?"

메구밍이 지팡이를 양손으로 거머쥔 채 오들오들 떨면서 물었다.

"네가 할 수 있는 일이라고는 하나밖에 없잖아! 보스의 숨통을 끊는 게 네 일이야! 마법을 날릴 준비가 되면 저 녀석들 곁에서 기다리고 있어!"

나는 그렇게 말한 후, 지팡이를 고쳐 쥔 메구밍을 남겨둔 채 혼자서 한스를 향해 뛰어갔다.

시꺼먼 색을 띤 거대한 젤리 덩어리는 나무만으로는 만족할 수 없는지 주위의 흙도 꿈틀거리면서 삼키고 있었다.

인간의 모습을 해제해서, 본능에 충실한 상태가 된 것일까.

한스는 주위에 있는 것들을 삼키면서 천천히 원천으로 향하고 있었다.

내가 지닌 무기나 스킬로는 이 거대한 슬라임을 어쩌지 못한다.

대체 뭘 어떻게 하지?

내가 프리즈를 걸어봤자, 이 녀석에게 서리조차 생기지 않을 것이다.

게다가 한스가 다른 녀석들이 있는 원천에 상당히 접근했기 때문에 폭렬마법도 쓸 수 없다.

아쿠아가 도망칠 마음을 먹어준다면 좋겠지만, 평소 겁쟁이인 저 녀석은 이런 골 때리는 상황에서 근성을 보여주고 있었다.

한스의 주의를 끌고 싶어도 화살이 다 떨어진 상태에서는…….

……어라? 잠깐만 있어봐.

지금의 한스는 본능에 충실한 상태라고 생각한다.

그런 녀석에게, 내가 지닌 그걸—.

"아쿠아 님, 제가 모든 마력을 쏟아 부어도, 거대화된 한스 씨를 얼릴 수는 없어요! 일단 피하죠! 아쿠시즈 교단 분들도 아쿠아 님이 잘못 되기라도 하면 슬퍼할 거예요!"

"싫어어어어어! 내가 그 아이들을 지키지 않으면 누가 지키냔 말이야! 신자들의 터전도 지키지 못한다면, 내 존재의 의도 없는 거나 다름없어! 그것보다 프리즈를 더 걸어줘!"

위즈에게 프리즈를 걸어달라고 한 아쿠아는 그녀의 필사적인 설득에도 고집을 꺾지 않았다.

그런 아쿠아의 옆에는 이미 폭렬마법을 발사할 준비를 끝내고 내 신호를 기다리고 있는 메구밍과, 목을 풀면서 준비운동을 하고 있는 다크니스가 있었다.

다크니스의 발치에는 그녀가 소중히 여기는 갑옷, 대검, 그리고…….

나와 함께 샀던, 대량의 기념품이 있었다.

"다크니스, 네 발치에 있는 그걸 들고 이쪽으로 와!"

"음? 이 기념품 말이냐?"

다크니스는 순순히 산더미 같은 기념품을 들고 내 곁으로 뛰어왔다.

나는 짊어지고 있던 가방에서 내가 산 기념품을 꺼냈다.

귀가 짧은 엘프와 수염이 없는 드워프에게서 산, 아르칸

만두와 고기만두.

나는 한스를 향해 그것들을 던졌다.

"앗! 무슨 짓을 하는 것이냐?! 먹을 것을 함부로 하면 천벌 받……는다……."

나에게 주의를 주던 다크니스는 한스의 행동을 보더니 그대로 입을 다물었다.

한스는 내가 던진 만두를 희희낙락하면서 먹고 있었다.

슬라임도 나무나 흙 같은 것보다는 고단백, 고칼로리의 음식을 좋아하는 것 같았다.

나는 다크니스가 안고 있는 대량의 기념품을 빼앗은 후—.

"아, 안 된다, 카즈마! 그건 아버님과 집사들에게 주려고 산 건데……!"

내 의도를 눈치챈 다크니스가 말렸지만, 나는 그런 그녀를 무시하면서 그것들을 원천 반대쪽을 향해 내던졌다.

"기념품은 다시 사면 돼! 나도 같이 골라줄게! 자, 그런 표정 짓지 말고 달려!"

나는 한순간 슬픈 표정을 지은 다크니스를 데리고 다른 이들이 있는 곳으로 돌아갔다.

한스는 다크니스가 가지고 있던 대량의 기념품에 흥미가 생겼는지 그쪽을 향해 꿈틀거리면서 이동했다.

"위즈. 한스의 몸집이 좀 작아지면 얼려버릴 수 있어?"

"한스 씨가 지금의 절반 정도가 된다면, 아마 아슬아슬하게 가능할 거예요……."

"아쿠아, 산산조각이 난 한스를 위즈가 얼릴 거니까, 네가 그걸 정화해. 할 수 있지?"

"으, 응! 이렇게 긴급한 상황만 아니라면 내 진짜 실력을 보여주겠어!"

가능한 것 같았다.

"나는 사방으로 튀는 한스로부터 동료들을 지키면 되는 거지?"

"그래. 잘 부탁해."

그것만큼은 다크니스의 튼튼한 몸을 믿고 맡길 수밖에 없다.

아쿠아는 독 같은 상태이상에 빠지지 않는 신구를 지녔다.

그런 아쿠아에게 버금가는 내구성을 지닌 다크니스라면 마왕군 간부의 독에도 견딜 수 있으리라.

……그럴 거라고 생각한다.

분명 이 녀석은 상태이상 내성 같은 스킬도 대량으로 습득했을 것이다.

이런 상황에서는 방어에 특화된 이 녀석을 믿는 수밖에 없다.

한스는 우리가 보는 앞에서 다크니스의 기념품을 희희낙락하면서 먹어대고 있었다.

마법이 잘 통하지 않는데다 물리공격은 아예 효과가 없다.

닿으면 독에 의해 죽음에 이르며 토벌하면 주위를 오염시킨다.

왜 나는 이런 골치 아픈 거물을 상대하고 있는 걸까.

즐거운 온천여행은 어디 간 걸까.

이런 내가 운이 좋다고? 말도 안 된다.

"카즈마, 준비는 끝났어요! 끝내주는 한 방을 날려줄 수 있어요!!"

안대를 벗은 메구밍이 붉은 눈동자를 반짝이면서 그렇게 말했다.

기념품을 다 먹어치운 한스는 새로운 사냥감을 찾는 것인지, 아니면 희미하게 남은 이성에 따르는 것인지는 모르겠지만 우리에게 접근하기 시작했다.

나는 위즈를 향해 손을 내밀면서 말했다.

"내가 신호를 보내면 위즈는 내가 죽지 않을 정도의 마력만 남기고 전부 가져가."

"예?!"

위즈의 목소리를 들으면서 나는 말했다.

"……그럼 메구밍, 부탁해. 날려버려!"

"알았어요! 갑니다! 『익스플로전』─!!!"

메구밍의 폭렬마법에 맞은 한스가 산산조각이 나는 광경을 본 후─.

다크니스가 우리를 감싸는 것과 동시에 위즈에게 마력을 빨린 나는, 의식이 멀어져 가는 것을 느끼면서…….

평소에는 전혀 믿음직하지 않지만, 이럴 때만 신뢰할 수 있는 동료들에게 뒷일을 맡겼다.

9

며칠 후.
마을을 구한 영웅인 우리는―.

"훌쩍……. 나, 최선을 다했는데……! 이번에는 진짜로 열심히 했는데……!!"

하염없이 울어대는 아쿠아를 데리고 액셀 마을로 귀환했다.
"뭐랄까……. 이번만큼은 아쿠아를 동정할래요……."
메구밍은 흔들리는 마차 안에서 아쿠아를 위로했다.
그 말을 들은 아쿠아는 창밖을 쳐다보며 여전히 훌쩍거리고 있었다.

―한스를 분쇄한 후.
다크니스는 자신의 몸을 방패삼아 사방으로 흩뿌려진 한스의 잔해로부터 우리를 지켰다. 그리고 나에게서 마력을 보급 받은 위즈가 잔해를 전부 얼렸다.
"……아버님과 집사들은 이걸 받고 기뻐할까……."

다크니스는 새로 산 기념품을 손에 든 채, 들뜬 표정으로 중얼거렸다.

이 녀석한테는 파더콤 끼가 좀 있는 것 같았다.

나는 들뜬 다크니스에게서 눈을 떼며 아쿠아에게 말했다.

"……너는 힘조절이라는 걸 모르는 거냐?"

"하지만 어쩔 수 없잖아. 전력을 다하지 않으면 오염될 거라고 생각했단 말이야! 우에에에에에에엥! 나, 이번에는 진짜로 열심히 했는데! 너무해애앳!"

나는 흐느끼고 있는 아쿠아를 무시하고 아직도 축 늘어져 있는 위즈를 쳐다보았다.

원래 창백했던 안색이 금방이라도 사라질 것처럼 새하얬……, 아앗!

"어이, 또 사라지려 해! 사라지려 한다고!"

"다, 다크니스! 빨리 위즈에게 생명력을 보충해줘야 해요!!"

"아, 알았다! 카즈마, 빨리 해라!"

우리는 마차 안에서 허둥지둥 위즈를 간병했다.

우리 중에서 가장 생명력이 넘치는 다크니스의 활력을 드레인 터치로 위즈에게 전달했다.

금방이라도 사라질 것 같던 위즈가 원래대로 돌아오자, 우리는 안도의 한숨을 내쉬었다.

이런 소동이 벌어지는 와중에도, 아쿠아는 창밖을 쳐다보며—.

"나는 열심히 정화했을 뿐인데! 왜 혼나야 하는 거냐구~!"

그런 소리를 외쳐댔다.

—우리는 마왕군 간부 한스를 쓰러뜨렸다는 사실을 모험가 길드에 보고한 후, 이번 오염 소동을 해결한 공로자로서 많은 사람들에게 감사받았다.

……온천에서 평범한 물만 나오게 됐다는 사실이 밝혀지기 전까지 말이다.

위즈에게 마력을 빨린 내가 의식을 잃은 후, 아쿠아는 전력을 다해 정화를 한 것 같았다.

그 결과 산의 원천은 맹물로 변했다.

겸사겸사 불운한 리치 한 명이 그 강렬한 정화의 힘에 의해 까딱하면 승천할 뻔했다.

뭐랄까, 아쿠시즈 교단의 재정적 원천을 끊는다는 마왕군의 목적은, 결과적으로 본다면 아쿠아가 완수한 것이다.

한 마을의 주요 산업을 괴멸시켜버린 것이다.

원래라면 상상을 초월하는 금액의 배상금을 물어야했다.

하지만 이번에는 아쿠시즈교의 아크 프리스트가 교단을 구하기 위해 한 일인데다, 일단은 마을을 구했기에 한스의 현상금을 변상금으로 돌리기로 하고 용서를 받았다.

그리고 원래는 위즈의 텔레포트로 단숨에 돌아갈 예정이

었지만, 그녀는 조금만 긴장을 풀면 바로 사라져버릴 것 같은 상태이기에 마차를 타고 돌아가기로 했다.

"저기, 들어봐! 두 사람 다 내 말 좀 들어봐! 부탁이야! 내 말 좀 들어줘!"

"왜 그러세요. 안 그래도 마차가 심하게 흔들리고 있으니, 제 몸을 흔들지 좀 마세요."

"무슨 일이지? 들어줄 테니 말해봐라."

아쿠아는 진지한 표정으로 메구밍과 다크니스를 쳐다보며 말했다.

"이번에 이렇게 된 게⋯⋯. 내 힘이 지나치게 강하기 때문이라는 건 이해했을 거야. 그러니 아무리 멍청한 다크니스와 정신 나간 메구밍이라도⋯⋯ 아야야야얏! 저, 저기, 내 말 좀 들어봐! 내가 하고 싶은 말은 너희가 아무리 둔해빠졌어도 이제 슬슬 눈치채야 정상 아닐까, 라는 거야!"

메구밍과 다크니스에게 마구 당하면서도 아쿠아는 그 두 사람에게 호소했다.

"슬슬 내가 진짜 여신이라는 걸 믿어도 되지 않을까, 라고 생각해."

아쿠아가 그렇게 말하자, 두 사람은 한순간 입을 다문 후—.

"⋯⋯카즈마. 다음에는 효능이 더 좋은 온천에 가요."

"그래. 머리가 좋아지는 온천이면 좋겠구나."

"믿어줘~!"

시끌벅적한 마차 안에서—.

아쿠아의 한층 더 시끄러운 울음소리가 울려 퍼졌다.

에필로그

1 에필로그 —최고사제의 집무실—

"—이것으로 이번 소동에 관한 전체적인 보고를 끝내겠습니다."

보고서를 끝까지 읽은 후, 거칠게 뛰고 있는 가슴의 고동을 어떻게든 진정시키기 위해 한숨을 토했다.

보고서를 가지고 온 프리스트 또한 차분한 척 하고 있지만, 마음속은 나처럼 환희로 가득 차 있으리라.

아까부터 때때로 살며시 눈을 감고 감사의 말을 읊조리고 있는 것만 봐도 틀림없었다.

"마을 안에 있는 모든 온천을 혼자서 정화하고, 마왕군 간부인 한스의 맹독으로 오염된 원천 및 한스를 격퇴하는 과정에서 사방으로 튄 파편을 전부 정화했다, 라……."

보고서를 읽으면서도 목소리가 쉴 새 없이 떨렸다.

"마왕군 간부 한스의 파편을 정화하는 것은 실력 있는 아크 프리스트를 대대적으로 불러 모아도 몇 개월은 걸리겠지."

"예. 그리고…… 그 분의 외견 말입니다만……."

보고를 하러 온 프리스트는 감격에 찬 목소리로 말했다.

"물빛 머리카락과 물빛 눈동자. 그리고 날개옷을 걸친, 아름다운 분이셨다 합니다."

틀림없다.

너무 기쁜 나머지 머리가 이상해질 것만 같았다.

"어떻게 할까요? 이 마을의 신자들에게……."

"물론, 알려줄 걸세. 단, 비밀리에 말이야. 그 분께서 또 이 마을에 놀러 오실지도 모르지 않나. 그때, 부담을 가지지 않고 마음 편히 지내실 수 있도록 함부로 말을 걸지 말라고 당부하게. 그리고 정화된 원천은 지금 어떻게 됐지?"

"예. 이제 온천물은 나오지 않습니다. 하지만……."

"물에 몸을 담그면 상처가 낫는다든가, 언데드에게 뿌리면 성수 같은 효과를 보이지 않나?"

"예. 게다가 성수로서의 효과가 매우 강력합니다……. 솔직히 말해, 온천을 경영하는 것보다, 이걸 파는 편이 훨씬 큰 이익을 얻을 수 있을 거라 봅니다."

당연했다.

왜냐하면 그 분께서 전력을 다해 정화하셨으니까 말이다. 그 정도 효과는 있는 게 당연했다.

"……그리고 보니, 거액의 배상금을 물게 했다고 합니다만……."

"……어쩌면 좋겠나. 그 분의 정체를 눈치채지 못한 척 해야, 다음에도 이 마을에 마음 편히 들러주실 거라고 생각하네만……."

고민에 잠긴 나에게 눈앞에 있는 프리스트가 말했다.

"그럼 이러면 어떨까요? 교단 사람을 액셀 마을로 보내서 배상금을 다른 형태로 돌려드리는 겁니다……."

"……그래. 그렇게 할까. 마음 같아서는 마을을 구해주신 것에 대해 깊이 감사드리고, 배상금을 물게 한 것에 대해서도 진심으로 사죄를 드리고 싶지만……."

그건 언젠가 이 마을에 다시 와주셨을 때라도ㅡ.

프리스트는 나를 향해 깊이 고개를 숙이면서 말했다.

"그럼 그런 식으로 진행하겠습니다. 제스터 님ㅡ."

"그래. 부탁하지."

내가 그렇게 대답하자, 프리스트는 예를 표하고 밖으로 나갔다.

나는 한 번 더 보고서를 읽은 후, 진심으로 감사드렸다.

"교단을 대표해서 진심으로 감사드립니다! 아쿠아 님ㅡ!"

2 에필로그 ㅡ여행의 끝에ㅡ

"다~녀~왔~어~용~!"

"너는 다녀왔다는 인사도 제대로 못하는 거냐?"

아쿠아는 한동안 비워뒀던 저택의 문을 열고 힘차게 안으로 들어갔다.

결국 이번 여행은 뭐였던 걸까.

이번에도 당치도 않은 일에 휘말렸기에 다시 떠올리기만 해도 기분이 가라앉았다.

뭐, 그래도 온천에 들어갔고 혼욕도 했으니까…….

…………혼욕.

어라, 나, 혼욕했었나?

그러고 보니 그 윌버그라는 누님과 같은 탕 안에 들어갔을 뿐이잖아.

게다가 그 누님은 수건으로 몸을 철저하게 가리고 있었어.

그리고 나는 저택에서 지내면서 메구밍, 다크니스와 함께 목욕을 한 적이 있다고.

……그럼 뭐야.

여행에 가지 않는 편이 나았던 거냐?

으음~?

"왜 그래? 안 그래도 재미있는 얼굴이 더 재미있어졌잖아. 그거 혹시 새로운 놀이야?"

"네 얼굴을 흉내내본 것뿐이야. 완전 판박이지?"

막무가내로 달려드는 아쿠아와 다투고 있을 때, 다크니스가 입을 열었다.

"하아, 집에 돌아오자마자 그렇게 난리를 피워야겠느냐?

홍차라도 끓여올 테니 둘 다 얌전히 있어라."

다크니스는 그렇게 말하면서 갑옷을 벗고 손을 씻기 위해 세면장으로 향했다.

"휴우. 여행을 가자는 말을 꺼낸 제가 할 말은 아니지만, 역시 집이 최고네요."

메구밍은 그런 소리를 하면서 거실 소파에 드러누웠다.

"뭐하는 거야, 메구밍. 거기는 나의 신성한 특등석이야."

"이 소파를 차지하고 싶나요? 그렇다면 소파 자리를 걸고 이 게임으로 승부를 하지 않겠어요?"

메구밍은 자기가 잘하는 보드 게임을 꺼내더니 아쿠아와 같이 하기 시작했다.

내가 소파 구석에 앉아 두 사람의 승부를 지켜보고 있을 때, 다크니스가 홍차를 가지고 돌아왔다.

이 녀석, 매사에 서툴지만 홍차는 탈 줄 아는 구나.

"저기, 메구밍. 그 아크 위저드 엄청 방해되거든? 내 쓸모없는 크루세이더를 줄 테니까 교환 안 할래?"

"크루세이더는 제 전략상 쓸모없는 존재니 됐어요. 자, 아쿠아 차례예요."

"어이, 저기 뭐냐. 게임 이야기라는 건 알지만, 그래도……."

나는 홍차를 홀짝이면서 그녀들의 대화를 흘려들었다.

여행에서 갓 돌아왔기 때문인지, 이 느긋한 분위기가 기분 좋게 느껴졌다.

하지만 꼭 이럴 때일수록 문제가 발생하는 법이다.

나도 그 사실을 이미 학습했다.

"메구밍! 저기, 메구밍 있어?! 그리고 카즈마 씨도 있나요?!"

그런 절박한 목소리와 함께 문을 노크하는 소리가 들렸다.

거봐, 이럴 줄 알았다니깐.

"있어~. 그 목소리, 융융 맞지? 무슨 일이야? 골치 아픈 일이라도 생겼어? 마왕군 간부든, 현상범이든, 뭐든 다 덤벼보라고."

내가 그런 소리를 하면서 문을 열어보니, 융융이 눈을 휘둥그렇게 뜨고 있었다.

그녀의 얼굴은 상기되어 있었다.

무슨 일이 있었던 건지는 모르겠지만, 융융은 거친 숨을 내쉬며 어깨를 들썩이고 있었다.

"저, 저기……. 느닷없이 이런 말을 하는 건 조금 그렇지만……!"

융융은 각오를 다지듯 입을 꼭 다물었다.

그 모습을 본 나는 홍차를 홀짝이면서 여유 섞인 표정을 지었다.

나는 현재 아무 것도 두렵지 않았다. 이런 상황에는 이미 익숙했기 때문이다.

"융융, 무슨 일이죠? 저한테 볼일이라도 있나요?"

메구밍이 자리에서 일어나며 그렇게 말하자, 융융은 살며시 고개를 저었다.

그리고 그녀는 나를 지그시 쳐다보았다.

나한테 볼일이 있는 건가? 제 아무리 골치 아픈 문제라도 다 덤벼보라고.

융융은 여유롭게 홍차를 마시고 있는 나를 향해 외쳤다.

"저……! 저……!! 카즈마 씨의 아이를 가지고 싶어요!"

나는 입안에 있는 홍차를 뿜었다.

〈끝〉

축, 4권 발매!

4권입니다. 묶어서 무기로 써먹어도 되는 권수입니다.

좋은 무기를 찾는 분이 주위에 계시다면, 부디 이 책을 추천해 주십시오.

심심할 때 읽으면서 즐길 수도 있는 뛰어난 무기입니다.

─우선, 보고를 드릴까 합니다.

현재 스니커 홈페이지 「더 스니WEB」에서 연재 중인 『이 멋진 세계에 폭염을!』의 서적화가 결정되었습니다.

전체적으로 한 챕터 정도 다시 고쳐 쓰고, 그 밖에도 새로운 이야기를 추가할 예정입니다.

스핀오프를 읽어보신 분은 이번 권에서 눈치채셨겠지만, 슬슬 본편과도 이야기가 연계되고 있으니 스핀오프 쪽도 즐겨주셨으면 합니다.

그리고─.

이 작품이 월간 드래곤에이지를 통해 코미컬라이즈가 됩

니다!

만화화……! 우와……! 떨리기 시작했어요……!

그런 고로, 현재 코미컬라이즈 기획이 진행 중인 듯 합니다. 그쪽도 기대해주시길!

다음 권부터 느슨한 분위기에서 슬슬 벗어날 듯 말 듯 합니다.

분명 독자 여러분이 즐기실 수 있는 작품이 될 테니, 다음 권도 읽어주신다면 이 작가도 기쁨에 떨며 정원을 질주할 겁니다.

―아무튼 이번 권도 많은 분들의 도움 덕분에 무사히 발간될 수 있었습니다.

편집부 여러분, 담당 K씨, 이 책의 제작에 관여해주신 분들, 영업 담당자 님, 서점 분들, 그리고 일러스트를 담당하는 미시마 쿠로네 씨.

매번 정말 고맙습니다. 진심으로 감사드립니다.

그리고 이번 권을 읽어주신 독자 여러분에게 진심을 다해 깊이 감사드립니다!

아카츠키 나츠메

카즈마 씨의 아이를 가지고 싶어요!

좋아!

……지, 진심이에요?!
융융!!

이 애, 대체 무슨 소리를 지껄이고 있는 거야?

……고도의 임신 플레이인 것이냐?!

너희들……. 아하~,
혹시 질투하는 거야?

……………….

아, 아무튼 저와 함께 홍마의 마을에 가줬으면 해요!!

이 **멋진 세계**에
축복을! 5

폭렬홍마 레츠&고!!

COMING
SOON!!

■역자 후기

안녕하십니까. 근로청년 번역가 이승원입니다.

『이 멋진 세계에 축복을!』 4권을 구매해주셔서 진심으로 감사드립니다.

요즘 들어 일본에 먹방 여행을 가고 싶다는 생각이 자주 듭니다. 돈가스&치킨가스 정식 곱빼기, 포장마차에서 먹는 따뜻한 일본식 라면, 그리고 쇠고기 덮밥 곱빼기! 그리고 생맥주가 빠지면 안 되죠. 일본에 여행가서 대낮부터 저런 음식에 술을 마시면…… 크으, 상상만 해도 행복합니다.^^

그리고 폐점 시간 직전에 일본 슈퍼에 가서 사온 반값 도시락과 술로 호텔에서 한 잔 하는 것도 정말 좋죠. 그리고 호텔에서 DVD플레이어를 빌리고, 근처 DVD 대여점에서 전부터 보고 싶었던 일본 애니메이션 DVD를 왕창 빌려와 밤새도록 보면서 데굴데굴하면…….

…………물론 이 상상이 현실이 되는 데는 상당한 시일이 필요하겠지만요, 그 전에 해치워야 하는 일거리가 너무 많거 든요, AHAHA.

자, 잡담은 그만하고 본편에 관한 이야기를 조금 해볼까 합니다.

스포일러가 포함되어 있을 수도 있으니 본편을 읽지 않으신 분들은 유의해주시길!

4권은 온천마을, 아르칸레티아를 무대로 펼쳐지고 있습니다. 온천으로 유명한 이 마을을 대표하는 게 하나 더 있죠. 그게 뭐냐면…… 아쿠시즈 교단입니다.

마을 사람들 중 대부분이 아쿠시즈 교도인 이 마을은 정말 상상을 초월하는 곳입니다. 얼마나 심하냐면, 호객행위보다 종교권유를 당하는 일이 더 많을 지경이니까요. 게다가 그 종교권유가 얼마나 악질적인지…… 역시 그 나물에 그 밥, 아니, 그 여신에 그 신도입니다.

그런 마을에서 카즈마 일행이 느긋하게 온천 휴양이나 즐길 수 있을 리가 없죠. 또 거하게 사고 아닌 사고를 치며 난리법석을 떨고 맙니다. 그리고 그 과정에서 가장 고생한 이는 카즈마 일행도, 불운한 적도 아닌…… 열심히 일할수록 가난해지는 미인 리치 누님이죠. 번역을 하면서도 위즈가 불쌍해서 몇 번이나 눈물이 날 뻔 했습니다.^^

그럼 이만 줄이겠습니다.

이 작품을 저에게 맡겨주신 L노벨 편집부 여러분. 항상 재미있는 작품을 맡겨주셔서 감사합니다. 앞으로도 잘 부탁드립니다.

고생고생해서 게임을 구해다준 악우여. 택배로 보내주기까지 한 모 잠입 액션 종이 박스(?) 게임을 아직도 플레이해보지 못한 나를 용서해다오, 흑흑.

마지막으로 언제나 제게 버팀목이 되어주시는 어머니와 『이 멋진 세계에 축복을!』을 읽어주신 모든 분들에게 진심으로 감사드립니다.

홍마족 중에 제정신(?)인 사람이 있기는 한 걸까 하는 의문이 드는 5권 역자 후기 코너에서 다시 뵙겠습니다!

2015년 12월 초
역자 이승원 올림

이 멋진 세계에 축복을! 4
나태 사중주 ~나태 콰르텟~

1판 1쇄 발행 2016년 1월 10일
1판 18쇄 발행 2023년 3월 2일

지은이_ Natsume Akatsuki
일러스트_ Kurone Mishima
옮긴이_ 이승원

발행인_ 신현호
편집장_ 김승신
편집진행_ 권세라 · 최혁수 · 김경민 · 최정민
편집디자인_ 양우연
관리 · 영업_ 김민원

펴낸곳_ (주)디앤씨미디어
등록_ 2002년 4월 25일 제20-260호
주소_ 서울시 구로구 디지털로 26길 111 JnK디지털타워 503호
전화_ 02-333-2513(대표)
팩시밀리_ 02-333-2514
이메일_ lnovellove@naver.com
ㄴ노벨 공식 카페_ http://cafe.naver.com/lnovel11

KONO SUBARASHII SEKAI NI SHUKUFUKU WO! Volume 4 NAMAKURA QUARTET
© 2014 Natsume Akatsuki, Kurone Mishima
Edited by KADOKAWA SHOTEN
First published in Japan in 2014 by KADOKAWA CORPORATION, Tokyo.
Korean translation rights arranged with KADOKAWA CORPORATION, Tokyo

ISBN 979-11-86906-27-9 04830
ISBN 978-89-267-9978-9 (세트)

값 6,800원

최약무패의 신장기룡 1~5권

아카츠키 센리 지음 | 카스가 아유무 일러스트 | 원성민 옮김

5년 전 혁명으로 인해 멸망한 제국의 왕자·룩스는 실수로 난입하고 만
여자기숙사 목욕탕에서 신왕국의 공주·리즈샤르테와 만난다.
"……언제까지 내 알몸을 보고 있을 생각이냐, 이 바보 자식아아아앗!"
유적에서 발굴된 고대병기 장갑기룡.
일찍이 최강의 기룡사라고 불리던 룩스는,
지금은 공격을 전혀 하지 않는 기룡사로서 『무패의 최약』이라고 불리고 있었다.
리즈샤르테의 도전을 받아 결투를 벌인 끝에,
룩스는 어찌 된 영문인지 기룡사 육성을 위한 여학원에 입학하게 되는데……?!
왕립 사관학원의 귀족 자녀들에게 둘러싸인 몰락왕자의 이야기가 시작된다.

왕도와 패도가 엇갈리는
『최강』의 학원 판타지 배틀, 개막!
TV애니메이션 2016년 1월 방영!!

© 2014 Takehaya
illustration Poco
Originally published by HOBBY JAPAN

단칸방의 침략자!? 1~19권

타케하야 지음 | 뽀코 일러스트 | 원성민 옮김

소년 사토미 코타로가 홀로서기를위해 찾아낸 단칸방.
부엌 욕실 화장실 포함에 월세는 단돈 5천엔.
어느샌가 그 방은 침략 목표가 되었다?!

'미소녀', '유령', '외계인', '코스플레이어' 그 누가 상대라해도

"너희에게 이 방을 넘겨줄 수는 없어!"

단 한칸의 방을 걸고 벌어지는 침략일기. 시작합니다!
TV애니메이션 방영 화제작!!

고백 예행연습 1~3권

후지타니 토우코 지음 | HoneyWorks 원작 | 야마코 일러스트 | 정효진 옮김

니코니코 동화에서 엄청난 인기를 누린
청춘 심쿵 록의 대표주자 HoneyWorks의 대표곡인 「고백 예행연습」이
「질투의 대답」, 「첫사랑의 그림책」과 함께 드디어 소설화!